サトウとシオ
イラスト 和狸ナオ
JN130970
たとえば ラストダンジョン 前の村の 少年 が
序盤の街で暮らすような物語
vol.12

料理しかできませんが
皆さんに憧れています

ジオウの敵兵になぜか手料理をふるまい中!?
戦争前から和平が成立しちゃいそうです!

フードを取って
あいさつくらい
するでしょう？
王家に入り込む謎の美女リンコを
迷探偵マリーさんが追い詰める――!?

バレては
しょうがないわね……

詰みだよユーグ
魔王アルカ
おなじみアルカ村長が
魔王として第二形態を
現した姿。

人知を超えた災いにアルカ変身!?
やっぱり村長は怒らせてはいけなかった――!!

目次 [CONTENTS]

プロローグ ……… 005

第一章 たとえば争奪戦にならないよう特別扱いされる学園のマドンナのようなポジション ……… 022

第二章 たとえば敵チームの合宿に紛れてしまい最終日まで過ごしたスポーツ選手のようなケアレスミス ……… 082

第三章 たとえばリアクションの向こう側があるとするならば、こんな反応でしょう ……… 126

第四章 たとえば対局開始前から自分の陣地に相手の駒が紛れていたような話 ……… 189

第五章 たとえばこれからベタなサクセスストーリーが展開されそうな最後の一言 ……… 276

GA文庫

たとえば
ラストダンジョン前の村の少年が
序盤の街で暮らすような物語 12

サトウとシオ

GA文庫

たとえば
シリーズ途中から
リニューアル
されたような

登場人物紹介

Character Profile

魔女マリー

雑貨屋を営む謎の美女。
正体はアザミの王女様。

ロイド・ベラドンナ

伝説の村で育った少年。
自分の強さに自覚なし。

リホ・フラビン

元・凄腕の女傭兵。ロイドとアザミの軍学校へ。

セレン・ヘムアエン

ロイドに呪いから救われた。彼を運命の人と熱愛。

アルカ

伝説の村の不死身の村長。
ロイドを溺愛している。

アラン・リドカイン

ロイドを慕う貴族の息子。
レンゲと結婚式を挙げた。

ミコナ・ゾル

ロイドの学校の先輩。
マリーのことが大好き。

フィロ・キノン

ロイドを師と仰ぐ格闘家。
異性としても彼が好き。

フマル・ケットシーフェン

アザミ海運ギルドの長。
国王とは旧知の間柄。

リンコ

失踪していたアザミ王妃。
つまりマリーのお母さん。

ルーク・シスル・アザミ

アザミ王国国王。
帰ってきた妻にデレデレ。

レナ・ユーグ

旧世界から来た元研究員。
アルカをライバル視する。

サタン

夜を司る強力な魔王。
旧世界の記憶を持っている。

メルトファン・デキストロ

元・アザミ王国軍大佐。
今は農業の伝道者。

救世の巫女

ドワーフの魔王を倒したと
いわれる伝説の存在。

ドワーフの魔王

大陸北部で目撃される
野蛮で凶暴な魔王。

イブ・プロフェン

プロフェン王国の国王。
世界の真実を知る一人。

プロローグ

某日、アザミ王国軍事会議室。

白い壁に覆われるその一室に装飾品の類《たぐい》は一切《いっさい》ありません。

代わりに国境付近の地形をあらゆる角度から撮った写真や子細な地図などが飾ってあり本棚にも近隣諸国の不審な情報などを記載した報告書が納められていて、実に物々しい雰囲気に包まれている場所です。

そんな王様が催し物を決めたりするどこかアットホームないつもの会議室とは一線を画したこの部屋には、これまた異彩を放つ面々が顔を連ねていました。

アザミ王やクロムに加え各種ギルドの関係者やそのトップ、アザミ王国の軍事関連部署の重鎮といったそうそうたる面々……

特に冒険者ギルドのインテリヤクザ風味なギルド長代行のカツ・コンドウ、そして「この男がいなければアザミの貿易は死んでいた」とまで噂《うわさ》される海賊な雰囲気を醸《かも》し出す海運ギルドのフマル・ケットシーフェン――彼らのせいでどこか任俠《にんきょう》映画の様相さえ呈《てい》しています。

お茶を運ぶコリンもどことなくビクビクしていますね。

黒板にはこの会議の議題が提示されていて、デカデカと「アザミ軍軍事演習に関して」なんて書かれておりました。賛成理由や反対理由などもずらりと板書されていて、会議が始まって結構時間が経《た》っていることが窺《うかが》えます。

そんな中、不満たらたら顔の厳《いか》つい顔つきの軍人が怒りを露《あら》わにし、急に机をドンと叩《たた》き威嚇《いかく》しました……淹《い》れ立てのお茶がこぼれてしまいましたね、もったいない。

男はお茶をこぼしたことも机を叩いたことも謝らず、怒りに身を任せまくし立て始めます。

「だから何度も言っているだろうが！　演習など悠長なことをやってはおれん！　今すぐに攻め込むべきだと！　これは軍事長官カジアス中将としての意見だ」

「しかし中将殿……」

カジアスと名乗った男は王様のなだめるような言葉にも耳を傾けることなく、頑として譲らぬ姿勢を示します。

「こうしている間にもジオウ帝国から例の呪《のろ》いのような何かが、二の矢三の矢と放たれていてもおかしくないのだ！　これ以上アザミ軍が舐《な》められていいものか！」

そんなまくし立てる彼の隣では小太りの男が「うんうん」と頷《うなず》いております。

「私もそう思いますなぁ。呑気《のんき》に構えていては勝機を失ってしまいます。武器商人ギルド長ヒドラとしての見地から言わせてもらいますが物資があるうちに攻めるべきでしょう」

そんな二人に対してアザミ軍外交トップの男が苦言を呈します。

「ヒドラさんもカジアス中将も……言いたいことは分かるけど、各国にお伺いを立てる前にいきなり戦争は悪手ですよ。まず演習を行い軍とギルド間の連携を高めつつ各国の反応を見るのがベストかと」

観測気球を上げましょうというもっともな意見ですが、カジアス中将は吐き捨てるようにその発言を突っぱねます。

「却下だ外交官。何を悠長なことを……アザミの戦争に他国の了承は不要！　それにだ、ジオウ帝国という絵に描いたように分かりやすい敵国相手に手をこまねいて見ているだけの方が各国に呆《あき》れられる……そう思わんか？　メルトファン君」

軍事長官は奥で腕を組み静観している男――アザミ軍元大佐、現農業特別顧問のメルトファンに話を振りました。

「…………」

メルトファンは無言を返します。

「おいおい、ジオウ憎しでおなじみ、タカ派の急先鋒である君が何をためらっているんだ？　メルトファン・デキストロはこんな腑抜《ふぬ》けた窮状を見かね「行動」を起こしたのではないか？」

行動――という言葉に含みを持たせるカジアス。おそらくこの場で色よい返事がないと君が国家転覆まがいのことをやったとギルドの面々の前で公表するぞ、といった意味が含まれているのでしょう。

「んなっ……」

こいつ知っていてわざと……と怒り心頭のコリンは手にしたお茶をカジアスの頭にぶっかけようとしましたが、それをクロムが四角い顔をこわばらせ制します。

「やめておけ……アイツ本人が我慢しているというのに」

「う……」

そんな同僚のやりとりが目のはしに映ったのか、メルトファンは重い口を開きました。

「どのような言葉を欲しがっているかは分かります、中将殿。しかし、私は時期尚早だと思います」

「ほう、なぜだい？　納得のいく言葉が欲しいね」

今度は隣のヒドラが聞き直します。が、メルトファンは臆することなくキッパリと答えました。

「もちろん、農業です」キッパリ
あまりにキッパリ言いすぎて一瞬時が止まりましたね。

いきなり農業と言い切られたヒドラは動揺の汗で二重アゴがもう滴《したた》っています。

「の、のうぎょう?」

「はい、農業です。つまりこの世の全てです」キッパリッ
この世の全てという大仰《おおぎょう》な言葉まで付け足した彼は、机に身を乗り出し前のめりになって力説を始めます。周りが呆気《あっけ》にとられているのも気にせず……です。

「この時期、何の保証や対策もなくいきなり戦争を始めるとしましょう……すると国境付近の農家は何の準備もできぬまま田畑を放棄せざるを得なくなります、下手したら収穫直前で放棄する最悪の事態まで。今回の議題である演習は農家がシミュレーションするために……アグリカルチャーの観点から見ても必要不可欠なのです」

熱く熱く熱く語るメルトファンの農業愛。となりにいる農業ギルドの方ですら引いているのでお察しください。まぁ本業や専門家の立場からしたら自分より熱いオタクっていろいろ扱いに困りますよね、きっとそんな心境なのでしょう。

さて、もっともな正論？　に押し切られてしまったカジアスとヒドラ。

その様子を見てフマルがクックッと笑います。

「文句言いようがねぇみてぇだな軍事の若造に武器屋よぉ。兵糧は何よりも大事、特に長引きそうな戦争の時にはな」

「だ、だが早期決着さえすれば――」

「あぁ？」

「ヒィッ！」

なおも言い返そうとする空気の読めない武器商人ヒドラでしたが、フマルに一睨《ひとにら》みされあっけなく押し黙ります。

さて、一段落といったところで王様の隣にいるフードを目深にかぶった謎《なぞ》の女性がパンパンと手を打ちました。

「さぁて、じゃあ演習するって方向でいいかな？」

「うむワシはいいと思うぞ！」

「はい、王様がオッケー出したんで～、んじゃヨロシク！」

　この王様を差し置いて急に仕切りだした謎の女性に対し、この場にいるほとんどの人間は誰なのか、なぜ王様の隣にいるか分かっていないらしく腑《ふ》に落ちない顔をします。例えるなら何の前振れもなく現れた重要キャラっぽい人物……といったところでしょう。

　しれっと混ざる新キャラポジのフードの女性、しかし王様はめっちゃ信頼しているようで「ずーっと側にいましたけど何か？」みたいな空気を醸し出しているので誰も、クロムですら何も言えずにいました。

　そこで、どうにかこの会議をひっくり返したい軍事長官カジアスは反論の糸口を見いだそうと謎の女性に切り込んでみます。

「あの……王よ、先ほどから気になっているのですが。その女性は何者ですか？　怪しいのですが……」

　普段なら「王になんて事を言うんですか」と咎《とが》める立場のクロムですが、今回に限ってはスルーします。ていうかみんな気になるんでしょうね、止めないどころか興味津々《しんしん》で小さく「そうだな」なんて言っちゃってます。コリンにメルトファン、メナすら不思議そうにその女性に視線を送っていました。

　この空気の中、謎の女性はしばし考え込んだ後……

「うーん、そうだあれあれ、謎の天才軍師だよ」

　とまぁ妙ちきりんな返答といえない返答をするのでした……自分で謎と言っちゃう時点で答えになっていませんよね。

「いやいや、自分で謎って答えにもなっておりませんが……」

　何のひねりもなくツッコむヒドラ。しかしその文句に反対側にいる冒険者ギルドのギルド長代行カツ・コンドウがいきり立って声を張り上げます。

「あぁ⁉　聞こえなかったのかメタボ！　美しき謎の天才軍師様なんだよ！　それ以上でもそれ以下でもねーんだ！　その耳ナイフでかっぽじってやろうか⁉　あ⁉」

　そしてなぜか同時に王様もフマルも唸《うな》りをあげて彼に加勢します。

「そうじゃ、美しき謎の天才軍師じゃ、王様が言うから間違いない」

「美しき謎の天才軍師つったら美しき謎の天才軍師なんだよ！　海に沈めるぞタコ！」

　劇団員か？　ってレベルで息のあった反論をする三人にヒドラどころか謎の天才軍師本人も口元をヒクつかせていますね。

「美しきは……自分で言うのはいいけど人に言われるのはムズ痒《がゆ》いなぁ」

　ともあれ強面《こわもて》二人とこの国の最高権力者に言われたらこれ以上深くは聞けない一同、いろいろ疑問はつきぬとも、軍事演習をするという方向で無事に会議は終了したのでした。

「ふぃ～めんどうだったね～」

軍事会議が終わり王様とフマル、カツ、そして謎の天才軍師は別室でワインをあけて会議の苦労をねぎらいあっていました。

彼女はフードを外すと髪の毛を手櫛《てぐし》で整え一息つきました、黒縁メガネにどこか飄々《ひょうひょう》とした雰囲気の女性……マリーの母親でこの国の王妃兼冒険者ギルドのギルド長、そしてアルカたちの前世での上司、コーディリア研究所所長のリーン・コーディリア、通称リンコでした。肩書き複雑で長いですね。

暑かったのか胸元《むなもと》を扇《あお》ぐ彼女、その傍《かたわ》らに寄り添っている王様は申し訳なさそうな顔をしています。

「しかし、リーンのことは秘密とはいえクロムたちにも内緒なのは心苦しいのぉ」

リンコは王様の肩を叩き首を横に振ってみせます。

「そうしたい気持ちは分かるけどさ、まだ私が死んだはずの王妃だってバラしたくないんだよね……娘にどんな顔をして会えばいいか悩んでいるからってわけじゃないのよ」

（（あ、どんな顔をして会えばいいか分からないんだ））

他《ほか》の三人は察すると同時に彼女の人間くさいところに思わず笑ってしまいます。

その空気がたまらなくなったのかリンコは分かりやすく動揺しつつ話題を変えようとします。

「それもあるけど、言ったでしょ！　あの中に絶対ジオウ帝国の内通者がいるって！」

あわてる彼女を見て満足したのか、フマルがわざとらしく笑います。

「おぉそうだったなぁ……だから急いで明かせなかったんだよな」

コホンと大きく咳払《せきばら》いをしてリンコは話題をその内通者に関する話に切り替えます。

「私が調べた数々の事件……御前試合にアバドンの時も相手がこっちの動きや内情、特に軍事関係に精通していないと成立しない出来事が多々あったわ」

リンコに続いてカツも話題に続きます。

「記憶に新しいトラマドールの事件も内情を把握していないとおかしいところがありましたね、確実に内通者はいると睨んでいいでしょう」

そこまで聞いた王様が心配そうに二人に尋ねます。

「すると今回の軍事演習の件、連中に筒抜けの可能性が高いが大丈夫なのかの？」

リンコはニヤリと笑いました。

「むしろ連中をあぶり出すための軍事演習を提案したと考えてちょうだい。もちろんギルドとの連携も大事だし演習は実行するけど本命は内通者探しだね」

「さすが天才軍師、いやワシの嫁じゃ」

その発言にフマルは不満全開の顔つきでした。

「ったくのろけやがって、その腑抜け面《づら》に大砲ぶちかまされないようしっかりアザミ軍をシゴいておくんだぜ」

「まぁまぁフマルさん」

カツ代行になだめられるフマル。年の割には子供っぽい彼ですが、そこが魅力だと慕われております。

その様子を見てさっきのお返しとばかりに笑うリンコ。

「こんにゃろ」と拳《こぶし》を突き上げるフマルを見て話を元に戻します。

「まぁでもすぐあぶり出せるかもね。分かりやすいのが二人いたし」

「軍事長官カジアス中将と武器商会ギルド長ヒドラ氏ですね」

カツの言葉に頷くリンコ。昔アザミ軍にいたフマルは後輩の分かりやすい立ち居振る舞いに苦笑しています。

「軍事長官は平和であればあるほどやることが無く、肩身も狭くなれば予算も減ってくモンだからな。偉そうに振る舞いたいなら戦争があるのが一番、ジオウに乗っかって情報提供して逆に利用してやろうとでも思ってるんだろうぜ」

「確かに、利用しようとして利用されるタイプのキャラだねあの人は。小太り武器商会の方もね」

リンコの補足にカツもメガネを押さえながら同意します。

「武器商会ギルドはもっと分かりやすいですね。武器は戦争が起これば起こるほど売れますし」

「というわけであの二人はしっかりマークよ。軍事演習のネタなんて向こうに流すかっこうのエサ、その動向を徹底的に調べリークしている証拠を摑《つか》む……それが今回の狙《ねら》いね」

やる気を見せるリンコですが、王様は不安があるようです。

「とはいえ……今まで影すら踏ませなかった連中がそう簡単に尻尾《しっぽ》を出すかの？」

王様の言葉にカツが前へ出てリンコに申し出ます。

「俺《おれ》たち冒険者ギルドの職員一同、いつでもギルド長のご指示で動けます。何なりとご命令を」

リンコはカツの頭をペシペシ叩き「大丈夫よ」とあっけらかんとしています。

「相変わらずだねぇカッチンは。その辺は任せてよ、潜入捜査にうってつけの人材がいてさ」

「うってつけ？」

「そそ……いいよ～入ってきて～」

バラエティの司会者がゲストを軽い感じで呼ぶようにドアの向こうに声をかけるリンコ。

すると部屋の外から一人の男性が居心地悪そうに入ってきました……いえ、正確には一人と一匹ですね。タレ目で貴族風の服装、そして一番目を引くのはどうすればここまでくせっ毛になるのか気になるほどの髪型……その鳥の巣のような頭の上に赤い陸ガメがちょこんと乗っております。

落ち着かないのか辺りを見回す貴族風の男とカメ。

その頼りがい以前な人物の登場にさすがのカツもリンコに苦言を呈します。

「ギルド長……この男が我々よりうってつけの人材ですか？　頭にカメを乗せている男が？」

明らかに不満たらたらのカツの肩をフマルが叩きます。

「安心しろ代行さんよ。こいつは見た目からは想像できねえほど……猛者《もさ》だ」

額《ひたい》に汗を滲《にじ》ませるフマルを見て彼は何かを察します。

「なるほど、あなたがそう言うのなら……この方たちを信頼しましょう」

すんなり身をひくカツにフマルは目を丸くしました。

「お？　聞き分けいいじゃないか。『私の方が役立つ』って勝負を仕掛けるタイプだと思ってたがよ」

「ええ、以前の私なら分かりませんが、つい最近見た目で判断してエライ目に遭いましたからね」

あぁ、ロイドのことですねきっと。

リンコは「ご納得いただけたようだね」と満足げに頷くと貴族風の男に自己紹介するよう促します。

「はい、じゃあ張り切って自己紹介いってみようか？」

急に振られ貴族風の男は困りながら渋々従います。

「張り切るも何も……王様の前とかやりにくいなぁ……あー、えーっと、サタンです。この人の大昔の部下みたいなもんです」

元コーディリア研究所職員、現魔王のサタンこと「瀬田成彦《せたなるひこ》」……余りに開示できる情報が限られている彼は「元部下」というふわっふわな自己紹介でごまかします。

怪しさ100％の彼ですがリンコの紹介でフマルも認める人物とあれば問題なし……とカツが握手を求めます。

「なるほど、私の先輩みたいなものですね。冒険者ギルドのギルド長代行、カツ・コンドウです……しかしなぜ頭にカメを？」

そんな彼の疑問にサタンではなくカメ本人が陽気に答えました。

「ウェーイト！　カメじゃねえよスルトだ！　いや、カメにしか見えないけどよ」

「しゃ、喋《しゃべ》りおったぞこのカメさん⁉」

色々経験している、さすがの王様もたまげました。フマルもつい腰元の剣を抜きかけてしまいます。

「っ⁉　モンスターか？　ていうことはモンスター使いか……なるほど、その強さ納得がいったぜ」

モンスター扱いされたことと主従関係を決めつけられカメ……スルトはご不満のようです。

「俺がペットだぁ⁉　勘弁してくれ、昔は確かに女子受け良かったけどペットじゃなくて男として見られていたぜ！」

「こらスルト氏！　さりげにフェイクニュースはやめろ！　女子受け皆無だったろうに！」

　さて、このカメさんは「炎の魔王」ことスルト……前世は研究所職員のトニーというぽっちゃり系男子で瀬田と一人のキャバ嬢を巡り不毛な散財で競い合う仲でした……つまりレベル的に五十歩百歩というわけです。

「何がフェイクだ！　ったくよぉ……」

「こらこら！　ストレスで俺の髪の毛を食べるな！　海藻みたいかもしれんが！」

「うっせワカメ頭！　お前に俺の気持ち分かるか！　マスコット的姿になれると思ったけどこまでガッツリカメだとは……キャバクラで嬢になでられまくられると夢見たのによぉ」

　ちなみにカメの甲羅《こうら》は雑菌がうようよしています、定期的に甲羅干ししているのは殺菌もかねているんですよ。

　一連のやりとりを笑いながら見ていたリンコはいいところで手を叩いて制止します。

「はいはい、無駄話はそこまでにして……彼らには連中の調査、その密命を下しているから三人ともサポートの方をよろしくね」

　こんな貴族とカメのコンビですが、三人は快《こころよ》く返事をし惜しみない協力を申し出ました。

　まぁこの三人リンコの親派ですからね、人語を解するならモンスターにだろうと魔王にだろうと余裕で協力するでしょう。

「では、そろそろ解散かの。クロムたちも心配しているだろうし」

「うーっしお疲れ、カツよぉこのまま飲みに行くか？」

「まだ日は高いですよ」

部屋に残されるリンコ、サタンそしてスルト。

リンコは王様たちが解散し各々帰って行くのを見届けた後、先ほどとは打って変わって二人に真剣な顔を向けました。

「と、いうわけでアザミ軍に潜んでいるジオウのスパイの調査をよろしく。そしてその先のこと、わかっているよね」

「あぁ、プロフェン王国のイブと繋《つな》がっているかどうか、その情報収集が第一優先ってことだね」

「そう、そいつらがイブ……私たちの元雇い主、新興国のエヴァ大統領と繋がっているかどうかが何よりも重要、わかり次第どんな手を使ってもかまわないから集められるだけ情報を集め取ってくれたまえ」

サタンの頭上にいるスルトがカメの首を縦に振って了解します。

「なかなかヘビーな要求だな、まぁできる限り頑張らせてもらうぜボス……しかしエヴァ大統領も魔王になって生きていたとはな。しかも妙なことを企《たくら》んで……まぁ相変わらずか、伊達《だて》にあの時代で一国立ち上げていないもんな」

「まだ推測の域は出ていないけどヤバいことを企んでいる可能性は限りなく大ね。だからできうる限りイブの情報を収集して……本当の意味であの人がエヴァ大統領か否《いな》か、まずは見極めないと」

意味深な発言のリンコは「申し訳ない」と二人に頭を下げます。

「わかってますよ所長。警戒されているあなたの存在が知られたらまずい、アルカ氏も同様だ」

「アングリーだけどここは存在すら軽んじられているノーマークコンビの出番だってことだな」

「ありがとね二人とも。アルカちゃんやユーグちゃんを今日まで騙《だま》してきたのなら、彼女の狙いは不老不死のさらにその先にある……それだけは阻止しよう」

神妙に頷く一人と一匹はやる気十分といった雰囲気で部屋を出ていったのでした。

「——頼んだよ、二人とも……さぁ私も頑張ろう。ルーク、マリアと一緒に年をとって死ぬためにもね」

第一章

たとえば争奪戦にならないよう特別扱いされる学園のマドンナのようなポジション

「というわけで軍事演習が決まった」

アザミ王国士官学校教室内。

ロイドたち士官候補生にクロムはさっそく会議で決まった事項を伝えます……が、唐突に演習と言われてもピンとこない生徒たちはノリもいまいちのようですね。

ざわつく中、みんなを代表してロイドが挙手してクロムに尋ねます。

「あのーすいません。軍事演習って何をするんですか？」

「おぉすまないロイド君。そうだな、まずはそこから説明しないとだな」

軽く謝罪したクロムは黒板を用いて演習のなんたるかを説明し始めました。生徒たちにわかりやすいよう専門的なことは省き、かいつまんで簡単に説明していきます。

「――ようするに各種ギルドとの連携をより実戦的な状況を想定して練習することだ。敵国が攻め込んできた場合の動きを国境付近で行う、もちろん後方支援の動きも併せて練習する、具体的には戦争中の流通経路の規制や迂回《うかい》をよりスムーズに、国境付近の村をどう守るかなどなどだな」

説明するクロムに対し、元傭兵《ようへい》のリホがどこか不満そうにしています。

「ようするに防災訓練の戦争版ッスね。あーんま気乗りしないんですけど」

戦争孤児で不幸な人間が増えることをよく知っているリホはジト目でクロムに文句を言いました。

そんな彼女を地方貴族の大男アランが諫《いさ》めます。

「気持ちは分かるがリホ、軍人たるもの覚悟せねばならん。国民を守る戦争と思おう」

「へ、たまにマトモなことを言いやがりますねぇ。アザミ軍期待の新星、アランさんは言うことが違うわ」

続いてローテンションでおなじみ、武道家のフィロがすっと挙手します。

「……ギルドとの連携だけじゃなく、ジオウ帝国への牽制の意味もある？」

「痛いところをつくがその通りだ、呪《のろ》いだの何だの最近いいようにやられているからな」

現在、後手後手にまわっているアザミ軍。内外に対策をしているとアピールをする意味もある……と見切るフィロにクロムが感嘆《かんたん》の声を上げます。

「……やっぱり」

その意図を見切った彼女をロイドが賞賛しました。

「すごいですねフィロさん、場数踏んでいるだけあります！」

「……ん」

意中の人に誉められピースサインをするフィロ。

さて、このポイント稼ぎを良しと思わない人物が一人いました……はい、ご存じロイド大好きすぎて問題児なセレンです。

彼女は音もなくロイドに密着するとわざとらしく怖がる素振りを見せました。

「恋愛の場数は踏んでいる私たちですが、戦争は怖いですわねロイド様」

「何かと理由を付けて音もなくロイドにくっつくオメーの方が怖ぇよ」

「……剝離《はくり》」

いつものようにセレンをロイドから引っ剝《ば》がす二人、手際の良さが彼女が普段から奇行に走っているのを物語っています。

彼女の腰に装備されている呪いのベルトことヴリトラはそんな主人の悪行を代わりに謝りました。

「我が主セレンちゃんが申し訳ございませんロイド君、謝罪は後日書面で」

「いえ、ヴリトラさん気にしないでください」

優しい彼の言葉にヴリトラは声を震わせ感謝します。

「主の奇行は私が戒めるべきなのに……やはりいい子だロイド君は……セレンちゃんもこの子を好きならもう少し彼を見習い聞き分けのいい子に――グェェ！」

苦言を呈《てい》したヴリトラをセレンは無言で蝶々《ちょうちょう》結びします、かなりキツメに結ぶところを見

ると結構カチンときた模様ですね。

「ヴリトラさーん、主従関係をお忘れですかぁ？」

「あ、ハイすいません……」

こんな情けない彼ですが本名は石倉《いしくら》、コーディリア研究所の主任で厳格な男として有名で部下を（主に瀬田《せた》）睨《にら》む姿から「蛇睨みの石倉」の異名を持つほど切れ味鋭い眼光の持ち主でした。

そんな教育熱心なこの御仁もヴリトラという蛇の化け物に転生し、話の流れで呪いのベルトに憑依《ひょうい》し、今ではパワフルヤンデレストーカーに振り回される毎日……逆サクセスストーリーここに極まれりですね。

「うぅ、でしゃばってスイマセン……そして情けない自分にスイマセン……」

「あーそのへんでヴリトラさんを許してやってくれ、話を進めたいし。あといい大人の涙声は俺《おれ》も心が痛む」

ヴリトラが解放されたのを見届けた後、クロムは本題に戻ります。

「コホン……当然士官候補生も軍人、この演習に参加してもらう予定だ」

「具体的にはどのような形での参加ですの？　ロイド様とのワンチャンあるメリットはございますか？」

身を乗り出してメリットを問うフルスロットルなセレン、何をもってのワンチャンなのか聞く気にもならないクロムは乾いた笑いで誤魔化《ごまか》しかありません。

「ワンチャンの意図はよく分からないが……皆には前回のインターンで適性があった部署の一員として働いてもらうことになる」

「前回のインターンですか、色々あったので有耶無耶《うやむや》で終わってしまいましたな」

アランの言葉に「まぁな」と苦笑するクロムはなにやら紙を用意します。

「今から各々に割り振られた部署が書かれている案内書を配る。明日以降は午後からその部署に出向き指示をもらって作業することになるから覚悟しておけ、髪の毛を整え爪《つめ》は切って身だしなみをしっかりしろよ」

一人一人生徒の名前を呼び案内書を配るクロム、生徒はその紙を受け取っては「あ、俺ここか」とか「あそこか～よかった～」なんて言葉が漏《も》れています。

「ま、適性を判断しアンケートをとった行きたい部署とすり合わせたから問題はないと思うが……不都合があったら教えてくれ」

そう言われた矢先、真っ先にリホが挙手しました。

「チェンジ！」

「早くね⁉」

思わず素でツッコむクロムにリホはずんずん近づき抗議の姿勢です、どうしたのでしょうか。

「ど、どうしたリホ？」

「なんでアタシが諜報部《ちょうほうぶ》なんすか⁉」

その問いにクロムは不思議そうに首を傾《かし》げます。

「逆に何でだ？　お前は実入りのいい場所ならどこでもいいですって備考欄に書いてあったろ？　諜報部は給料がいいぞ……その分休みは不定期だがな」

そう言われ、リホは自分の提出したアンケートを思い出し「やっちまった」と嘆《なげ》きました。

「あーしまった…………でもすんませんクロム教官、やっぱチェンジできませんかね」

「ん？　何故《なぜ》だ？」

「あそこロールがいるんスよ。いいようにこき使われるに決まってますって」

ロール・カルシフェ。リホの義理の姉で同じ孤児院出身の……計算高く高慢で友達がいないタイプの女性です。本人は出世のためなら友達なんていらないと豪語していますが、同級生のコリンをして「出世云々《うんぬん》関係なしに普通に友達ができないから負け惜しみや」と言い切られるほどのお方です。

クロムは申し訳なさそうにリホに伝えます。

「スマン……そのロールさんから直々にリホを指名されているんだ。折りが合わないという理由で断るなら彼女と相談してもらえるか？」

リホは「うげぇ」と嫌そうな顔をすると渋々席に戻りました。

「…………ドンマイ」

ロールが元上司でもあるフィロはリホを慰めます、よしよしと。

「あんがとよフィロ。んで、お前はどこだ？　まさかお前もロールに指名されたか⁉」

フィロはフルフルと首を横に振り自分の案内を見せました。

「……私はお姉ちゃんの推薦で近衛兵《このえへい》」

「マジかよ……色々な意味で羨《うらや》ましいぜ」

気心の知れた姉のメナと一緒で給料的にもいい役職の近衛兵、めちゃくちゃ羨ましいのかリホは思わず子供のように「いいなぁ」と言葉を漏らしてしまいます。

「……ただ……戦う以外の仕事は慣れていない……」

ちょっと不安そうな彼女にアランが話しかけます、上から目線で。

「勉強するにはいい機会じゃないかフィロ」

「……何故に上から目線」

「おっとスマン、自分の行きたい部署に配属されたからな、つい気が大きくなってしまったようだ」

そしてアランは聞かれてもいないのに自分の案内書を見せるのでした。

誰も興味がない中、空気を読んだロイドがその部署を読み上げます。

「物資輸送班ですか？」

「そうですすロイド殿！　男児たるもの見聞を広げるため西へ東へ荷物を運び守る、その名もステキ物資輸送班！　有事の際は陸路海路問わず必要な場所へ物資を届ける重要な職務ですぞ！」

物資輸送班。アランが語った通り軍の様々な物資をモンスターや盗賊から守り届ける部署です。その職務柄ほぼ毎日馬車に揺られ船に揺られ地方の宿に泊まるので家族のいる人、特に新婚さんには向かない職業NO．1と言われております。

「男は住み慣れた故郷を離れてこそ強くなる」なんて語り続ける大男に女性陣は冷ややかな視線を送っていました。

「どうせレンゲさんと距離をとれるからだろうぜ」

「……ん」

「控えめに言ってダメ男ですわね」

さて補足しましょう。アランにはレンゲという年上の婚約者……というよりもうすでに結婚した相手がいます。

なんだか気が付いたら「イベントの尺余ったから結婚式挙げる?」という謎《なぞ》の流れで結婚してしまい、アランからしたら「もっと恋愛したかった」のと「純粋に束縛がきつい」という理由で単身赴任できる部署を熱望していたというわけです。

そのことを知っている女性陣……そりゃこんな目にもなりますね。

極寒のごとく冷たい視線にいたたまれなくなったのか、アランはセレンに話を振りました。

「と、ところでお前はどこに配属されたんだベルト姫！　同じ地方貴族出身として聞きたいぜ！」

話を逸《そ》らしたな……とバレバレではありますがセレンも自分語りをしたかったようで立ち上がり答えます。

「私は国内警備ですわ。どうやら私の『恋愛テクニック』に皆様興味があるようで是非披露してほしいと案内書に書かれていますわ」

彼女の恋愛テクニック＝プロのストーキングテクニックと知っている面々は半笑いでした。

「これアレだよな」ヒソヒソ
「……泥棒から技術を学んで防犯に役立てる奴《やつ》」ヒソヒソ
サイバーテロ対策に警察がハッカーを雇うような行為そのものですね。

セレンは二人の小声トークなど意に介さず、自分語りを続けます。

「ま、国内なら愛《いと》しい人の元に定時で帰れるでしょうから私としてはアリよりのアリですわ！というわけでロイド様！　ロイド様の部署を教えてくださいまし！　もしかして地方に出向くような部署でしたら猛抗議しますわ！　最悪潰《つぶ》すこともいといません！　もしかして同じ国内警備ですか？　警備の偉い人もロイド様を勧誘したがってましたから可能性はありますわよね！」

さらっととんでもないことを口にしながらロイドの配属先を尋ねるセレン。他《ほか》のみんなも気になるのか彼の方を見やりました。

そんなロイドは渡された案内書を開きどこに行くのか確認します。

「えーっと僕は教官志望だったんですけど……ん？　補給任務班？」

聞き慣れない部署に小首を傾げるロイドと一同。

そこにクロムが現れ補足します。

「あぁロイド君、我々教官は指導の他に有事の際は副部署が基本割り当てられていてな……俺は近衛兵、コリンは回復魔法が得意だから救護班だったりする」

「そうなんですか……でも補給任務班って……」

やはりピンとこないロイド、代わりにリホが詰め寄ります。

「でもよぉクロム教官、補給任務班なんて初めて聞いたぜ、なんだその部署?」

その問いに対し、クロムはあらかじめ用意していたかのようにツラツラと説明をし始めるのでした。

「ふむ、説明しよう。補給任務班とは有事の際に各部署のモチベーションをあげるため料理やお弁当を調理、場合によっては炊き出しなどの仕事をしてもらう班だ。ロイド君は食堂で働いていることだし納得の配属先だろう……冷や飯は兵のやる気をそぐからな」

そこまで聞いたロイドは納得します。

「なるほど！　炊き出しやお弁当の調理ですか！　確かにやる気を維持するには温かいご飯が大事と聞きますし！　食堂で働いている僕にぴったりです」

そこまで言った後、彼はアンニュイな表情をチラリと見せます。

「……ちょっと軍人らしく前線で戦うことにも憧《あこが》れていましたが、実力が料理の腕を超える日が来るまで頑張ります！」

多少がっかりしながらも実に前向きなロイド。

しかし実際、戦闘力に関しては折り紙付きのロイド。折り紙が付きまくってガッサガッサ音を立てているレベルであることを知っている面々はクロムに真意を問いただします。

「で、本当の狙《ねら》いは何なんスか？」

クロムは「鋭いな」と悪びれずに答えました。

「まぁ嘘《うそ》ではない。演習だし敵はいない、ならばギルド関係者を含めモチベーションを維持して演習をしてもらいたいからだ……ついでにロイド君を自分の部署に引き入れようとうるさい方々も『みんなのロイド君』にすれば中立を保てるからな」

後半の部分を聞いて一同は大納得のご様子です。

有能&可愛《かわい》いロイドを自分の部署に招き入れたく引く手数多《あまた》な阿鼻叫喚《あびきょうかん》地獄絵図は想像するのも簡単。その引き抜き合戦を阻止すべくひねり出された策……まさしく妙案と呼ぶにふさわしいでしょう。

「あぁなるほど、広報に外交官……そういやロールも狙っていたからな。やるなクロム教官」

ロイドの平和的利用に「なら仕方がない」と急拵《きゅうごしら》えの補給任務班を認めたのでした。

しかし、そのことを伝えた当のクロム本人はスッキリしていない表情です、何故でしょうか。

「この提案……例の謎の天才軍師とやらの案なんだよなぁ」

確かに妙案に違いない。しかし素性の分からない人物の提案を鵜呑《うの》みにしていいものか悩んでいるようですね。

「王様やフマル氏にカツ氏も信頼しているとはいえ……逆にベッタリすぎるのも気がかりなんだよな、うーむ」

王様が騙《だま》されるのならまだしも、あの気むずかしいフマルやカツがあそこまで信頼……というより信者になっていることが気になっているのでした。

「また洗脳や呪いの類《たぐい》か？　いやまさかなぁ……」

とまぁ、まさかあの天才軍師が王妃リーンとは微塵《みじん》も思わないクロム。それさえ分かればあの三人が推しになっているも合点がいくんですけどね。

それが分からず、クロムは一日中悶々として過ごすことになるのでした。

一方、こちらにも悶々としているお方が一名。

「むーん」

イーストサイドの魔女マリーです。雑貨屋の店主兼この国の王女である彼女、なにやら深刻に悩んでおいでですね。この悩みよう、夜に呑むお酒を何にしようか悩んでいるのでしょうか？

ワインを購入したはいいものの帰ったら汗をかいてビールが飲みたくなってしまう、口がビールになっているなんてのは飲兵衛《のんべえ》にとってはしょっちゅう、逆もまたしかり……だったら

両方買えばいいじゃないなんて言ったら「わびさびがない」と言い出す面倒な人種です。※飲兵衛には個人差があります
そんな彼女の後方から、クローゼットの扉をドカーンと豪快にオープンさせながら白いローブのちんちくりん幼女……齢《よわい》百歳を超えているロリババアのアルカが現れました。

「マリーちゃんや！　夕飯ゴチになりにきたぞい……んお？」

マリーの下着を頭にのせながらご登場した彼女はマリーの悩んでいる姿を見て「ふむ」と唸《うな》りました。さすが年の功、すぐに悩みを察したようですね。

「ふむふむ、そうか、頑固な便秘は大変じゃのぉ」

いくら年を重ねたとはいえ無意味に重ねたらこの有様です、みなさんは一日一日を大切に過ごしましょうね。

知ったか&見当違いも甚《はなは》だしい師匠分のアルカを見て、マリーは「まったくこの人は」と額《ひたい》を押さえてしまいました。

そんな彼女の機微など意に介さず、アルカは勝手にお茶を淹《い》れてはお茶菓子も並べ遅めのティータイムを始めながらお悩み相談に興じようとします。

「違うのかえ？　ならばカメの甲より年の功、クールビューテーなアルカちゃんに相談してみい」

正直カメに相談した方がマシかも……という喉《のど》まで出掛かった言葉を引っ込め、マリーはダメもとで彼女に相談することにしました。

「あまり言いふらさないと約束してくれますか？」

「ほう、そこまで深刻な便秘とはのぉ」

「そこから離れてくれませんかね、実は……」

「ほいほい」

マリーは少したためらう素振りを見せながらまじめに語り出しました。

「アザミの国王様……父に女の影がちらついているんです」

どうやらマリーもクロムと同じく謎の天才軍師の存在にモヤモヤしているようですね。しかも娘からしたら「権力のある父親に取り入ろうとしている女」ともとれますし……確かに複雑、これは悩みます。

「ほほう？　確かお主の母親は表向きは死んでいることになっておるが実は失踪中で今も内々で捜査しているはずじゃが」

「はい、今でも愛しているはずですので変な誘惑にも屈しないとは思いますが……とはいえ表向きは独り身ですし……」

「まぁお主が気になるのもよく分かるわい。じゃったら直接父親に心情を聞いてみたらよかろう」

その言葉に、マリーはバンと机を叩《たた》いて抗議するよう語ります。

「そこなんですよ！　聞いたんです私！　そしたらめっちゃ動揺して『機密事項』の一点張り。

クロムに問いただしても『私も怪しいと思っているんです、素性も分からないですし』と困っていて……もう胡散《うさん》臭くてモヤモヤしていて、あーもうって感じなんですよ」

あのアルカもマリーのこの複雑な心境を察したのかお茶を淹れて飲むように勧めます。

「まぁお茶でも飲んで落ち着かんか。ほれ、お茶菓子もうんまいぞ、いいマカロンじゃ」

「私の家のお茶、私の家のお茶菓子なんですがね……」

文句を言いながらもマリーはお茶を飲み「ほう」と一息ついて落ち着きました。

「まぁ海運ギルドのフマルさんも冒険者ギルドのカツさんっていう気難しい人も、その『謎の天才軍師』と名乗る女を信頼しているそうなので大丈夫だとは思うのですが……」

アルカはあんよを組み替えし腕を組んで唸ります。

「うむ、言いたいことは分かるぞいマリーちゃんや。逆に押さえておくべき人間を『しっかりきっちり』取り込んでいることが引っかかるのじゃな、したたかな女はそうやって取り入るからのぉ……」

さて、意外にまともなお悩み相談になってきたところに、珍しい来客が店に訪れました。

「すいませーん、お薬いただきにきました」

「おぉ、お客さんとは珍し……なんじゃアランか」

「あ、どうもアルカ村長、ご無沙汰《ぶさた》しております」

尊敬するロイドの村の村長ということでアランはビシッと九十度頭を下げて挨拶《あいさつ》をします。

「まぁそうかしこまらんで、そこに座れ。お茶でも飲みながらロイドの学校での様子を教えてくれんかの」

マリーは「まったく人の家でデカい顔をして」とブーたれながら戸棚から薬の包みを取り出しました。

「はいアラン君、頼まれていた胃薬よ」

「おぉ、ありがとうございますマリーさん！」

その大量の胃薬を見てアルカは不憫《ふびん》そうにアランを見やりました。

「なんじゃゃ、その歳《とし》で胃腸が弱ってきたのかえ？　あまり薬に頼りすぎるのも良くない傾向じゃ、食べる物を一度考え直すのも手じゃぞ」

「お心遣い感謝しますアルカ村長！」

深々と頭を下げた後、アランは困り顔をして頭を掻《か》き始めます。

「いやぁ……そうしたいのは山々なんですが、ここ最近偉い人との会食が続きまして……食べる物も量もそうなのですが、何よりプレッシャーのせいで弱っているみたいなのです」

自嘲《じちょう》気味に笑いながら胃の下部をさするアラン、どことなく悲哀の漂うサラリーマンという雰囲気にアルカは同情します。

「まったく若いのに無茶しおって……おいスルトや、お主がちゃんと気にかけていないとダメじゃぞ。まぁ前世がぽっちゃりだったお主に食べ過ぎという概念があるかどうかもわからんがの」

　アルカはアランの大斧《おおおの》に憑依しているスルトに向かって声をかけました。しかし何の反応もないため彼女は小首を傾げてしまいます。

「ぬ？　ノーリアクションじゃと？」

「アルカ師匠、ポッチャリなんて言うから怒ったんですよ、きっと」

「何をぬかすか、ぶっちゃけこやつをポッチャリ系と呼ぶのも大分抵抗あるわい。耐久力で苦戦させるも主人公の閃《ひらめ》きであっけなく倒される中ボス系の体型じゃぞ、品というものが欠片《かけら》もないボディじゃて」

　二人のやりとりを聞いて、アランが割って入りました。

「違うんですよお二人とも、実はですね……アイツ、実体化して別行動をとっているんですよ。小さいカメの姿になって――」

「なぬ⁉　実体化じゃと⁉」

　立ち上がって驚くアルカ。勢い余ってお茶をこぼしてしまい、マリーは「うぎゃあ」と叫びます。

「ちょっと師匠！　リアクションいくら何でも大きすぎですよ！　あぁもうお茶がもったいない……」

　アルカはそんな彼女を「たわけ」と一喝し事の重大さを伝えます。

「驚くに決まっとるじゃろ！　そんな芸当ができるのは今のところユーグくらいじゃて。コンロンの村で見たじゃろ、奴の奇妙な機械をのぉ」

「そ、そう言われればそうですね……アラン君、まさかユーグ博士にスルトさんが奪われたなんてことは」

アランは首を横に振りました。

「いえ、さすがにそうだとしたら真っ先に相談しにきますよ。気が付いたら反応はなく、サタンさんの頭の上に自治領で見た赤いカメの小型版みたいなのが乗っかってて……ワケを聞いたら何でも『天才軍師のおかげということにしておいてくれ』とかはぐらかされまして。まぁアイツとサタンさんが大丈夫と言うなら……」

「「天才軍師⁉」」

まさにタイムリーな単語に二人は大きな声でハモってしまいました。

「は、はい……どうしましたお二人とも、そんなに驚いて……」

戸惑うアランをよそに二人は額をつきあわせて小声で会話し始めます。

「こんなこともできるなんて……よけい怪しいじゃないですかソイツ」

「ぬぅ……まさかユーグの関係者の線が濃くなってくるとはのぉ……王様に取り入った話も怪しさマシマシになってしもうたわい」

マリーは唸りながら対策を講じます。

「とりあえず私が再度父にアプローチしますので……そこで怪しかったら師匠にも報告しますね」

「うむ、ワシもスルトやサタンに会ったら胸ぐらつかんで聞いておくわい……騙された可能性もあるのぉ、アイツらどっか抜けているんでな……」

さて、置いてきぼりを食らいアランは呆《ほう》けるしかありません。

「あのー代金は……」

そこに丁度ロイドが帰ってきました。両手に食材の入った買い物袋を抱えているのを見るに市場にでも寄ってきたのでしょう。

「ただいまー……ってアランさん？」

「あ、どうも！　お邪魔しておりますロイド殿！」

起立し深々と頭を下げるアラン。

そして愛しのロイドの登場に額をつきあわせシリアスな話をしていたアルカは、あっちの方のやる気スイッチをポポンと入れていつものアレなロリババアに早変わりしました。頭を下げているアランの背中を踏み台に白い悪魔が跳躍します。

「ローイドやぁぁ！　あーいたかったぞぉぉおい！」

買い物袋で両手を塞《ふさ》がれていた彼はアルカのアタックを回避することができず、そのままモフモフガジガジされてしまいました。

「ちょっと師匠！　切り替えが早すぎです！」

「人生は切り替えが大事じゃ！　ワシの研究所の所長もことあるごとに言っておったわい！」

「ウチのお母さんと同じようなことを……まったくさっきまで『謎の天才軍師に要注意』と言っていたシリアスはどこに吹き飛んだんですか……もういいや、ロイド君おかえりっ！」

まさかその謎の天才軍師が研究所の所長でマリーの母親だと思いもしない二人は早々に切り替えることにしたのでした。もう口の中がロイドの夕飯になっているんでしょうね。

「あ、はい。そうだ！　アランさんもよかったら夕飯一緒にどうですか？」

「ありがとうございますロイド殿！　仕込みはお手伝いしますぞ！」

食堂を手伝っているアランはすぐさま腕をまくり料理にやる気を見せ始めました。

「はい！　ではまずピーマンをざく切りでいいのでお願いします」

さて、どこか清々しい感じのロイドにマリーが尋ねます。

「あらロイド君、楽しそうだけど何かあったの？」

その問いかけにロイドは「アハハ」と笑いながら答えます。

「いえ、別に何かというわけではないのですが、今度の学校でのお仕事が今までと違って気が楽だな～って」

「気が楽？」

「ええ、この前まで王女様とダンスとかプレッシャーがかかる頼まれ事ばかりでして……今度はお弁当を作ってみんなに配るそうなので……なんて言うんでしょう、のびのびできるなーって」

その王女が問いかけているマリーとは知らずにいるロイド。

プレッシャーをかけていた張本人であるマリーはいたたまれなくなったのか申し訳なさそうにし始めました。

「そう、ゴメンね」

「え？　なんでマリーさんが謝るんですか？」

傍《かたわ》らで一部始終、事の顚末《てんまつ》まで知っているアルカがニヤニヤしながら見やっていました。ちなみに「マリーがだらしないから王女様とはつき合えない」とドア越しでお断りした件《くだり》を聞いたときは大地が揺れるほど笑ったそうです。

アランがピーマンの種をくり抜きながらロイドにそのことを尋ねます。

「いやーしかしどんな人でしたか王女様。俺もまだ一度もお目にかかっていないんですよ」

「ごめんなさい、ドア越しで、しかも一方的にお話ししただけなので……でもドア越しからでもとても真面目《まじめ》でしっかりした雰囲気の持ち主だってのは分かった気がします」

ああ、ガッツリ雰囲気で騙されていますねロイド……ドアに真面目成分が染《し》み込んでいたのでしょうか？

アルカは「プークスクス」と笑い、マリーは呆然《ぼうぜん》と立ち尽くすしかありません。

「あれ？　マリーさんどうかしましたか？」

「いえべつに」

「そうですか、じゃあテーブルをお台布巾《ふきん》で拭《ふ》いておいてくださいね」

「へーい……」

失意にまみれるマリーにアルカが耳元で嫌みを言います。

「こりゃ一生、王女と気が付いてもらえんようじゃの」ヒソヒソ
その言葉に「ぐぅ」としか答えられないマリーさんはホロリと涙を流しながらせっせとテーブルを拭いていました。

一方、そんなことなど知らないロイドは一生懸命フライパンを振るっています。彼の心の中を表すように炒め物が華麗に宙を舞いました。

「補給任務！　正直前線に立てないのは寂《さび》しいけど！　気持ちを切り替え僕にできることを全力でやるぞ！　サタンさんも全力でやることはいいことだと言っていたし！」

「応援しておりますぞロイド殿！　くぅぅ！」

ピーマンの次にタマネギをざく切りにし始め涙で顔を濡《ぬ》らしながらロイドを応援するアラン。

かくして波乱の軍事演習、いよいよスタートです。

アザミ王国士官学校学生食堂。

士官学校の敷地内、一般人も入れる一角に居を構えるこの学生食堂はつい最近まで「量よし、値段よし、味悪し、清潔感無し」といったお昼ご飯の選択肢にギリ入るか入らないかレベルのそんな食堂でした。現在のオーナーであるクロムの「劣悪な環境で食事をとれてこそ一人前の軍人だ」という方針があり……今だったらコンプライアンス問題で糾弾《きゅうだん》されそうですね。

しかし、アルバイトとしてロイドが入ってからその方針は一変「味よし、量よし、値段よし、清潔感に加え接客力も申し分無し」の素敵な食堂に早変わりしました。

今では内外問わず人気のお店として大繁盛。お城に用事のある人間はもちろん、旅行客が絶対外せない大事な旅の一食をここに選び、さらにはグルメ雑誌の記者などもお忍びで訪れるほどの隠れた名店となりました。

お客さんの不満があるとすれば営業時間が短く土日に営業していないという点でしょうか……まぁ学生食堂なのでそこはお察しください。

ロイドは士官学校の授業の合間を縫っては仕込みをすませ、季節に応じて食材を市場に発注したりと大忙し、それを笑顔でこなすものですから、クラス外の人や周囲からいつの間にか店長と呼ばれるようになりました。

クロムは「俺はもう食材受取係だよ」と自嘲気味に答える始末です。まぁ本職の軍人が忙しいので無理もありません、生徒はやんちゃだし王様もやんちゃだしで忙しいのでしょう。ロイドに頭が上がらない人物ナンバーツーはこの人かもしれませんね。ナンバーワンはもちろんマリーです、微塵も上げてはなりません。

さてそんなロイドは今日も登校し、みんなといったん別れて食堂の方へと顔を出しました。厨房を覗《のぞ》くとなにやらモソモソと動く大きな人影が……ロイドが目を凝らして見ると食材の仕分けに悪戦苦闘しているクロムがそこにいました。

「おぉ、おはようロイド君」

氷式冷蔵庫に肉や魚をギュウギュウに詰め込んでいる彼を見てロイドが挨拶をします。

「お早うございます！　クロム教官、職員室に行かなくていいんですか？」

「あぁ食材が多くてしまうのに手こずってしまっただけさ……しかし中々の量だな」

お徳用の小麦粉の袋を抱えてはズシッと重いその量にクロムは思わず「おぉう」と声を上げてしまいます。

ロイドは彼を手伝いながら笑顔で大量に発注したワケを答えました。

「はい、補給任務のため多めに発注しちゃいました。モチベーションを上げるのはやっぱり量にも質にもこだわらないとダメですし。保存食も作らなきゃなので香辛料を……香り付けは大事ですし！」

ニンニクの芽やスパイス類、香草を笑顔で手にするロイド……様になっています。

引き抜き合戦を回避するために急拵えで作った補給任務に全力投球する彼の姿を見てクロムはなんだか申し訳ない気持ちになってしまうのでした。

「すまないなぁロイド君、皆のために……」

「いえ、ちょっと張り切りすぎちゃって逆にすみません」

「そうか、あまり無理はしないでくれよ」

クロムは優しくそう言ってあげるのが精一杯でした。


食材をチェックし終えたロイドは献立を考えるとお昼休みに早速、食堂勤務の傍ら保存食作りに取りかかります。

「アツアツを提供したいけど軍事演習中にそれは難しいから……お湯をかけて簡単に作れるようなものを中心に……それを袋にまとめて配布しよう！」

そこまで考えられるのはさすがの一言ですね。様々な面を考慮し袋にセットして、提供するという発想……リホがこの場にいたら「売店で売ろうぜ」なんて商品展開を考えることでしょう。

ロイドは手際よく肉を切り分け魚を開きにしてビーフジャーキーと干物を作り始めます。同時に干し飯を作り始め……名前を付けるなら「ロイド特製湯戻し昼食セット」ですね。

「よし、後は小麦粉を使って乾麺《かんめん》と……内勤の方向けにパンやお菓子も作っておこう！　お茶の葉を詰め合わせでまとめてお渡しして……」

時折フィロやメナがつまみ食いしようとするのを何とか制止し、ロイドは午後の時間もたっぷり使ってパンやお茶菓子のクッキーを焼き終えました。

「よし、完成だ。今日は内勤で頑張る方々にこれを提供して……本番に干し飯セットを渡せるように頑張ろう……演習いつかなぁ」

あらかた準備を整えたロイドは、次に激励がてら各部署にお茶やお茶菓子を差し入れしに向かうことにします。

「んーとまずは……そうだ、近くに課報部があったはず。差し入れがてらリホさんの様子も見てこよう」

ロイドは差し入れを抱えると早速課報部の方へと向かうことにしました。

そして数分後、課報部の建物の前ではロールの指示を受けながらかったるそうに荷物を運んでいるリホの姿がありました。

「あ、リホさん！　ロールさん！」

「つかれるぜぇ……ん？　お、ロイドじゃねーか」

「おや、これはこれは……未来の課報部員が来てくれはったわ」

ロイドが来て顔をほころばせるリホ、そして腹に一物あるような笑顔のロール……彼女まだロイドを課報部に入れることを諦《あきら》めていないようですね。

やけに朗《ほが》らかなリホは荷物を放棄し、めっちゃ親しげにロイドに話しかけます。

「よぉロイドどうしたんだよ。まぁ積もる話もあるだろうし中でゆっくり話そうぜ」

「リホ……そうやって仕事をサボるのはよくありまへんなぁ」

もくろみがバレたリホは嫌そうな顔で舌打ちしました。ていうか午前中一緒に授業を受けていたのですから大して話が積もるわけないでしょうに。

「チィ、バレバレかよ……ていうか何でアタシにだけ肉体労働させているんだよ。軍事演習に関係あるのかコレ？」

「仕方ありまへん、諜報部員は軍事演習であろうと基本やることは変わらずや。むしろこのゴタゴタに合わせて不審な動きをする輩《やから》がおらんよう目を光らせなあかん」

「じゃあアタシもその諜報活動にしてくれよ、こんなワケの分からん資料運びなんかよりよっぽどマシだぜ」

「ワケわからんちゃう、膨大なプロファイリングデータとかその他諸々の貴重なモンや。前任者の引き継ぎがしっかりできんかったんでなぁ……この機会に整理したかったんどす」

「ちゃんとしとけよ前任者ぁ」

毒づくリホ。そんな彼女にロールは悪い顔をしながら上手《うま》く引き継げなかった理由を説明します。

「前任者が急に左遷になってもうてなぁ……んで空いた席にたまたま栄軍祭でええ仕事をした

ウチが座ったんや」

　左遷という言葉にロイドとリホが驚きます。

「穏やかじゃないですね、左遷って」

「何しでかしたんだ？　ロイドのナース服姿を写真に収めてポスターとして配ってもお咎《とが》め無しどころか賞賛されるアザミ軍がよぉ」

「お咎めはあってほしいです、本気で」

　アンニュイな表情のロイド……余談ですがあのポスター、プレミアがついております。

　彼と毒づきながら諜報部の部屋に資料を並べているリホにロールは摑《つか》んだ情報を口にし始めました。

「これは憶測やけどな、おそらく内部でヤバいことをしている連中に首をつっこんでしまったんやないかと」

「それはいったい……」

　興味を持ち始めるロイドに「それ以上はあきまへん」と彼が関わることを制止します。

「あくまで憶測やでロイド君、おねーさんの独り言と思ってな。流出しているデータを追っていたら逆に追いつめられて……口外しないなら命だけは、という流れでの左遷。内部だけやない、外部も絡《から》んでるんやないかなぁ……なんてな」

「スパイ行為……」

ロールは部室の壁に寄りかかるとため息混じりで呆《あき》れます。

「ウチが諜報部の上役に抜擢《ばってき》されたんも『こいつなら金とか出世をチラツかせれば誤魔化せるだろう』と踏んだんやろなぁ……生憎《あいにく》その手の差し合いはロクジョウ魔術学園で腹一杯になるまで経験してきましたえ」

ロールは腹のさぐり合いは百戦錬磨と言わんばかりの悪い顔をしています。おそらく逆に利用してやる気満々なのでしょう。

「ったく、それで誰もいない時を見計らって身内であるアタシを使って古い資料を調べ始めてんだな……相変わらずそう言うところは頭が回るんだな」

「自己防衛、いえ、セルフプロデュースの鬼と呼びや。さ、理由がわかったら手を動かし」

「ったくよぉ、なーにがセルフプロデュースの鬼だ」

文句を言いながらまた資料を担ぐリホ。満足げに頷《うなず》いた後ロールがロイドに尋ねます。

「……で、ロイド君は何しに来はったん？」

そこでロイドはようやく自分の仕事を思い出しお茶葉とお菓子を差し入れしました。

「そうだ、僕は補給任務という名目で皆さんのモチベーションを保つべく差し入れをしているんです。これお茶菓子のクッキーにマカロン。そして紅茶の葉っぱです。演習当日にはお弁当を差し入れしますね」

丁寧に包みを渡されたロールは「これはこれは」と小さく頭を下げお礼を言いました。

「おおきになぁロイド君」

ロールも例の急造部署の件を知っているのでしょう、こっちの都合にもかかわらず一生懸命任務をこなそうとする彼に頭が下がる思いのようです。

「うっし、お茶だな！　休憩しようぜ！　もう元気ねぇよ！」

両手を資料で塞がれているリホは隙《すき》あらば資料を放り出して休もうと必死です。

ロールは顔をしかめて妹分を叱責します。

「アホ、そんな声上げられるんなら元気やろ。お茶はあとやあと」

「っかー！　マジかよケチ！　ケチロール！」

ケチと言われ怒るかと思ったロールですが、何かを思いついたのでしょう、急にニヤリとし始めました。

「せやなぁ、そこまで言うんやったら……じゃあロイド君、リホにお菓子を食べさせてやってや」

「え？　僕がですか？」

「せや、今リホは両手が塞がって食べたくても食べられん可哀想《かわいそう》さんなんや。君が食べさせてやってな、ハイアーンってな感じで」

悪い顔のロールの甘々提案にリホは一気に赤面します。

「おおぉい！　ロール！　おまえ何を！」

慌《あわ》てふためくリホ、しかしロイドは真面目に考え素直に了承します。

「わかりました！　これも補給任務！　ハイアーン任務ですね！」

「おぉぃ！　ロイド！　おまえも何を……」

大声で文句こそ言うリホさんですが全力で否定している感じは皆無です。形だけのファッション拒否というやつですね。

「はいリホさん、あーん」

「あ、あーん……」

手作りクッキーをこんな感じで食べさせられたリホはもう顔が真っ赤《まか》になっております。そんな妹分の顔を見てロールはニヤニヤしっぱなしでした。

「どやリホ、やる気出たんとちゃうか？」

「う、うっせーよぉ……」

この辺も策士なロール、さすがです。文句を言えなくなったリホは赤面をキープしながら黙々と作業を続けるのでした。

「ありがとなぁロイド君、モチベーションアップに貢献してくれて」

「あ、ハイ」

「んじゃ頑張ってなぁ、ウチもリホも応援しとるで」

手をヒラヒラするロールに見送られ、ロイドは次の現場へと向かいます。

「えーと次にここから近いのは……国内警備の所だ、たしかセレンさんがいたはずだ」

次に向かう場所を決めたロイドは足早に現場へと向かいます。

はい、というわけでこちら国内警備の人間が集まる訓練施設です。軍事演習を前に街の人の避難誘導の仕方や不審物のチェック、爆発物があった時の対処法など講師を交えおさらいしている模様です。

「えっと、誰か知り合いは……」

「やぁロイド君じゃないか、久しいな」

厳格そうな声をかけられ振り向くと、そこには警備統括の男がにこやかな笑顔で手を振っていました。この人もロイドのことを警備に招くことを諦めてはいないようですね。

「あ、お久しぶりです警備統括さん！」

「うむ、補給任務のことは聞いているよ。正直味な真似《まね》をしてくれたと思ってはいるが……」

この機にロイド引き抜き合戦を再開しようとしていた彼は見事な中立案に苦々しい思いをしているみたいですね。

「アジですか？　南蛮漬けがおいしいですけど」

「あぁ、こっちの話さ。ほほう、お茶とお茶菓子かね、早速いただくよ」

包みを受け取る警備統括にロイドはセレンがどこにいるのかを尋ねてみました。

「あの、セレンさんがこちらにいるはずですが今どこにいますか？」

その問いかけに、何故か警備統括の男は苦笑いしました。

「あぁ、彼女なら……ほらあそこだ」

彼がゆっくりと指さす方、壇上では前の講師に代わってセレンが立っていました。キリリとした表情と手には資料らしきもの……いったい今日は何をしでかすつもりなのでしょうか。

「さて皆様、今から私セレン・ヘムアエンがレクチャーするのはズバリ『不審者の心理』ですわ」

何がズバリかはさておいて、どうやら彼女は生徒としてではなく一講師として呼ばれたみたいですね。

ブラックリストに名を連ねストーカーでお馴染《なじ》みのセレン……ここにいるほとんどの拝聴者が思ったことでしょう「なんだ自分のことか」と。

そんなツッコミ混じりの視線など当然気にもとめない気付いてもいないであろうセレンは講釈を垂れたくてたまらないのでしょう、高揚感《こうようかん》を隠しきれず速攻、口の端に泡をためる勢いでまくし立て始めました。

「まず不審者といっても多種多様。明らかに変な輩《やから》もいれば、『自分の行動は正しい』と思い込んでいる人間もございます。特にこのタイプは日常に溶け込んでいるケースが多く一般人と見分けるのは困難です。間違って普通の方を捕縛しないよう努々《ゆめゆめ》お気をつけくださいまし」

端々に「私は違います」という空気を醸《かも》し出すセレン……まさに自分が正しいと思いこんで

いる不審者そのものですね。みな言葉に出さずとも「お前だ」「フラグ回収早！」と露骨に顔でツッコんでいます。まぁ逃走用に火炎瓶《びん》をダースで発注するような人ですからね、無理からぬと言うものです。

「国のため、人のため自分の行動を正義と信じて疑わない……ストーカーなんて分かりやすい部類ですわ、『愛する人のためだ』『その人と結ばれるのは運命だ』とぬかして思いこみに酔いしれ犯罪行為を繰り返す輩……愛の伝道師として許せませんわ」

「わかりやすいなぁ……実にわかりやすい……」

警備統括も貴重な不審者のサンプルが目の前で実演していることに、一周まわって感心するしかありませんでした。

ヒートアップしたことを一言わび、セレンは自供……失礼、演説を続けます。

「コホン、失礼しましたわ。皆様にお伝えしたいことは、このような輩は話し合いで解決しようとしてはいけないということです。彼らの頭の中には独自の世界観が形成されており『自らの行いこそ正義』……全てがそこに帰結するようになっていますので」

「あ、そうなんだ、正義と思ってるんだアレ」

警備統括さん、思わず本音がポロリですね。

「たとえば……もうすでに彼氏のいる女性に好意を持つストーカーはその事実を歪曲《わいきょく》し『彼女は騙されている』『俺に助けを求めている』『本当は自分と』『仕方なく』『運命がゆるさない』な

どなどこれらの言葉を都合良く解釈し全てを行動力に変えてしまうのです」

ある意味最高の自分語りをしていることに気が付いていないセレン、聞いている皆はもうツッコみどころかおびえ始める始末です。だってここまで自分で言って気が付かないんですもの……説得力ありすぎでしょ。

「信念という意味で我々の常識から逸脱しそれに囚《とら》われることのない存在……そう解釈した方がいいかもしれません。癪《しゃく》ですが私の純愛に似通った部分もあり、そのやっかいさは愛の伝道師である私が保証します」

似通ったというか、そのまんまというか……何言っても通じないんだろうなと、ついには警備統括も小声でツッコむのをやめてしまいました。

「軍事的混乱に乗じて犯行を企てる泥棒の類であれば少し警備を強化するだけで『いま犯行に及ぶのは得策ではない』と思わせ犯罪を未然に防ぐことができるかもしれません……しかし政治的な犯罪はむしろ軍事的な混乱の最中にこそ意義があると思い、強化された警備をものともしません。確固たる信念は確固たる信念で立ち向かいましょう……油断や同情は禁物《きんもつ》と思ってくださいませ。私からは以上です」

所々ツッコみ満載でしたが、最後は意外にも綺麗《きれい》にまとめられ会場に拍手が巻き起こりました……みんなどことなく釈然としていない顔ですが。

壇上から降り一杯水を飲む彼女を遠目で見ながらロイドが手放しで賞賛します。

「わーすごいですセレンさん！　危険思想を持つ犯罪者に対して、こんなしっかりとした考察をお持ちだったなんて」

誉めまくるロイド。しかしその危険思想が自らに向けられている刃と気が付いていないようで……純粋&不憫すぎて警備統括はホロリと涙を流しました。

「……強く生きろよロイド君」

「あ、はい」

その優しさに、首を傾げるしかないロイドでした。

さて、やりきった感満載のセレンはというとロイドの気配をいち早く察知し、水の入ったコップを放り投げ、ベルトを駆使した跳躍で彼の前へと降り立ちます。

「ロイド様！　愛する未来の嫁の為に来ていらしたんですのぉぉぉ！」

みょーんという擬音が聞こえそうなくらいの妖怪的《ようかいてき》な跳躍を見て、国内警備の軍人たちは戦慄《せんりつ》しおののいてしまいました。そして、「こんな奴を相手にしないとダメなのか」「確かに確固たる決意が必要だ……」などとみんな気を引き締めだします。ある意味この演説は良い効果があった模様ですね。

そんな彼女に対してロイドは惜しみない賞賛を伝えます。

「いや、すごかったですセレンさん！　アザミの犯罪者に対して考察！　大変勉強になりました！」

無自覚にセレンのことを犯罪者扱いしているのですが……独自の世界観（笑）を構築している彼女には自分のことだとは微塵も考えず賞賛の言葉を額面通り受け止めるのでした。

「いえいえ、それほどでもないですわ……あら？」

謙遜《けんそん》しながら、セレンは警備統括の手にしている差し入れの包みを目にし、飛躍した理論を展開し始めます。

「あらこれは……ロイド様からの差し入れですのね！　この包みはこの前市場で発注していましたし、その時は小麦粉も……なるほどこの香りはクッキーですか！」

詳しすぎるだろ……と国内警備の軍人一同はヤバい奴を見る視線を送ります。「どうする？　現行犯する？」なんて言葉も聞こえてきますね。

セレンが自分の行動を把握していることなどもうあまり気にしていないロイドは普通に会話を続けます。

「あ、はい、クッキーです」

「なるほど！　補給任務でモチベーションを上げるため今私の所に来てくださったというわけですね！」

「そうです、でもこんなに沢山人がいるなんて知らなかったので……人数分の差し入れは後で持ってきますね」

まさに天使なロイドの言葉を独自の世界観（二回目）を持っているセレンは都合良く単語単

語をつなぎ合わせて曲解します。

「なるほど！　こんな沢山の人の前で愛を伝える行為は恥ずかしい！　たしかにモチベーションを高めボルテージが上がりきったらあとはやることは一つですものね！」

なんかもうこのまま十八禁な行為をしでかすぐらい勝手に高まっているセレン、周囲の人間も止めるべきかどうか迷っているようなそんな状況……そこに一人の女性が割って入ってきました。

「あらロイド少年、ごきげんよう」

レンゲです。アスコルビン自治領出身で現在アザミ軍の特別講師として出向しているエレガントを信条とする一流の斧使いの彼女はうやうやしく一礼します。

「お久しぶりですレンゲさん」

「お話は伺っていますよ、何でも補給任務でみんなのモチベーションアップに貢献しようと努めているとか……大変エレガントだと思いますわ」

「いえ、そんな」

謙遜するロイド。一方セレンはレンゲがこようとノーブレーキで暴走し続けます。

「そうですレンゲさん！　というわけで私これからモチベーションアップからのボルテージアップ、そしてヒューマンステージを駆け上がる予定ですので後はお任せしますわ！」

何をしでかそうとしているのでしょうかこの人は。演説の高揚感でセルフ吊《つ》り橋《ばし》効果状態になっているようですね、楽しそうな人生です。

「あ、あのセレンさん……言っていることはよく分かりませんが僕まだ補給任務が……」

戸惑うロイドに聞く耳持たないセレン。そしてレンゲは残念そうにしています。

「あら、これから私の講義だというのに……エレガントに残念ですわね」

レンゲの講義があると思い出したセレンは「あら忘れていましたわ」とロイドから離れました。結構珍しいことです、彼女が自主的にロイドから離れるのは。

「すっかり忘れていましたわ、申し訳ございません……ロイド様、お名残《なごり》惜しいですがモチベーションアップはまた今度ということで……」

「あ、ハイ」

本能でヤバいことをされると気が付いたのか安堵《あんど》するロイド……さて、セレンがロイドから離れてまで聞きたいレンゲの講義とはいったい何なのでしょうか。

「セレンさんが冗談をやめシリアスモードになる講義……いったい何なんだろう?」

ロイドも気になるご様子です。そしていろいろ知っている警備統括は苦笑します。

「あーそれはだね……」

壇上に向かうレンゲ、周囲に緊張感が張りつめ……そして、レンゲは静かに、ゆっくりと語り始めるのでした。

「ごきげんようみなさま、レンゲ・オードックです。セレンちゃんに引き続き今度は私が皆様に、より実践的なことをお伝えしようと思います」

固唾《かたず》を呑んで見守るロイド、そして真剣な眼差《まなざ》しの一部の女性陣ウィズセレン。

「……と、その前に今回のアシスタントをご紹介します。夫のアランです」

次の瞬間、イスに縛られたアランが運ばれてきました……猿ぐつわに目隠し、しれっと犯罪を犯しているあたり彼女も独自の世界観（三回目）をお持ちのようです。

「むー！　むーぅ！　……ガッハ！」

やや乱暴気味に目隠しと猿ぐつわをはずされたアランはまぶしさに目を細めてしまいました。どんだけ長い間拘束されていたのでしょうか。

「お早うございますアラン殿」

「ゲェ！　レンゲさん！」

夫のリアクションじゃないですよね、コレ。

一騎当千の戦国武将を目の当《ま》たり《あ》にした雑兵のようなリアクションはスルーし、レンゲは講義を続けます。

「さてさて、先ほどの講義のように、不審者の脳内には独特の世界観が形成されています。下手すると会話が成り立ちません……夫婦生活でも夫と会話が成り立たない、夫が何を考えているのか分からなくなる時がある……など経験したことはございませんか？」

前のめりにうんうん唸る一部の女性陣。セレンも相づちを打ちます。

「わかりますわ、私というものがありながら他の女性にも優しく……信じていますが時折不安にもなります」

「ですので私がレクチャーするのはズバリ『不審者の尋問』です。これは夫の浮気《うわき》調査にも応用できますので心を鬼にして実行しましょう」

あぁ、一部の女性陣……おそらく夫彼氏持ちが前のめりになっているのはこういう理由なんですね。

たまらずアランは声を上げました、尋問と聞きもはや悲鳴に近い声音です。

「ちょ、俺！　不審者ですか⁉」

聞く耳を持たないレンゲ、淡々と続けます。

「結婚とは異文化交流のようなもの……独自の世界観と世界観のすり合わせ、そこに多少の摩擦が生じてしまうのは仕方がないことです、そして………やってはいけないことはやってはいけないことだと体で教え込む必要があるべ！」

急に地がでるレンゲさん。アランは泣きながら何のことやらと涙ながらに尋ねます。

「ど！　どうしてここまで怒っていらっしゃるんですかレンゲさん⁉」

「とぼけても無駄だべ！　このまえイーストサイドで女の所さいってご飯をごちそうになった証拠は挙がっているべ！　夜に食事……完全に逢い引きでねーか！」

「ち、違います！　薬をもらいに……それにロイド殿の家ですぞ！」

「だとしてもそれはそれで問題！　しかもなんだべ！　軍事演習の配属先は物資輸送を熱望したって聞いただよ！　浮気する気満々じゃねーだか⁉」

レンゲの束縛がきついからといえずアランは涙を流すしかありません。これ、お互い悪いですよね。

「反論もできねーか！　今日という今日はアラン殿が浮気しているのか！　それとも少年愛を持っているのか！　はっきりと尋問でゲロってもらうべ！　みんな！　メモの用意さ！」

夫、彼氏持ちの女性軍人ウィズセレンは真剣な眼差しでメモを取り始める異様な光景。心なしか一部の男性陣は身震いしていますね。

「まず強い光を五秒おきに点滅させストレスを与えるべ！」

「いやー！　そんな高価な蓄光魔石をそんなことに使わないでぇ！」

あぁ言いそびれました、良い子は真似しないように。

さて、現代の警察でも使われるかなりリアルな尋問の手法、いえコンプライアンス上は拷問の一種を目の当たりにしてロイドは「あれ、大丈夫ですか？」な表情で警備統括の方を見やります。

警備統括は遠い目をしていました。

「あーうん……セレン君の時も色々アレかもなのだが……言っていることやっていることは一応実践に即した、非常に勉強になることだからね……趣旨からは外れているけど、頼んだことはちゃんとやってくれているし、一部の人間は真剣だし……」

文句は言えないようで笑うしかないみたいですね、ご苦労様です。

「アラン君の身柄は良きタイミングで回収するから、ここはまかせて君は補給任務を頑張りなさい」

「あ、ハイ。すいません」

純朴な少年にハードな尋問は見せたくないお父さんのような心境の警備統括はロイドを優しく退場させたのでした。

さて、国内警備を後にしたロイドは気持ちを切り替え、次にどこへ行こうか考えます。

「ん～と……そうだ！　近衛兵のところに向かおう！　クロム教官とかメナさんがいるはずだから顔を出して、あとは軍事演習の予定日とか聞けたらいいなぁ。その日に合わせて保存食作れるし」

そうと決まったロイドは近衛兵のいるアザミ王国中央区の王城へと向かうのでした。

一般人や観光客の往来する通りからさらに先、厳格なたたずまいの建物の間を抜けロイドはお城へとたどり着きます。

「あ、アポ無しだけど大丈夫かな」

そんなロイドの不安は杞憂《きゆう》に終わります。度重なる活躍の末かなり有名になったロイドは門番の方から近寄ってきて「顔パスで良いよ」なんて言ってきたのです。

ご厚意に一礼してお城の事務所の方に向かうロイドは階段を上がる度「あ、ロイド君」と見知らぬ顔の軍人に親しげに話しかけられます……これも有名人あるあるですね、知らない人から距離感ちょっと近い感じで話しかけられるのって疲れるんですよね。

ロイドは気疲れしながら赤い絨毯《じゅうたん》の先にある近衛兵の事務所へとたどり着きました。せわしなく行き交う軍人にその都度一礼しながら知り合いを捜す彼の目にメナとフィロが飛び込んできました。

「うーんと……あ、メナさん、それとフィロさんも」

机に向かって事務作業を行うフィロ、慣れないのか悪戦苦闘しているのが遠目から見ても分かります。それをメナが気付いたところからフォローしたりしていますね、家庭教師のようです。ロイドが小さく手を振るとメナが気が付いたのか「おいでよ～」と手招きして迎えます。ロイドはおずおずと中に入っていきました……知り合いがいるとはいえ、職員室的な雰囲気は慣れないものです。

「おいす～ロイド君。あ～補給任務か、クロムさんのために燃料を持ってきてくれたのかな？」

無茶苦茶な一言に奥の方で作業をしていたクロムが眉根《まゆね》を寄せてメナを睨みました。

「俺は人間だ、原動力は食事だ」

「そうなの？　角張っている上に頑丈だから固形燃料か何かで動いているとばっかり」

クロムは嘆息《たんそく》して目を通していた資料を片づけるとロイドの方に歩いてきます。

「それよりどうしたロイド君……っと、その手のものは？」

ロイドは笑顔で可愛い包みを差し出します。

「ハイ！　補給任務の差し入れです、モチベーションアップに繋《つな》がるよう頑張ってます！」

「……さしいれ」

お茶の葉の香りとこんがりクッキーの匂《にお》いにつられ、フィロはフラリと席を立ちました。激しい戦いの後かのような満身創痍《そうい》一歩手前な雰囲気にロイドは驚きます。

「ふぃ、フィロさん……大丈夫ですか？」

「……マナーとは……うむ」

普段真顔がデフォルトの彼女が辛《つら》さを滲《にじ》ませている理由をメナが補足します。

「アハハ、一応さ、近衛兵って王様の側近だし色々な人と接する機会が多いんだよね。だから最低限のマナーを身につけて貰《もら》おうとしてるんだけど」

ちらりと横目でフィロを見やると彼女は視線を落としてブツブツ呟《つぶや》いております。

「……強そうな人に勝負を挑んではいけない……知らなかった」

「うん、暗黙の了解というか、強い人全員が血を求めているわけじゃないからね」

とまぁ足し算引き算を覚える前に数字とはなんぞやから始まっている感じですね。今まで伸び伸びと育てすぎたとメナもちょっと気にして少しでも矯正しようとしているのでしょう。姉として根気よく妹に接するメナをロイドはねぎらいます。

「そうですか、それは大変でしょう……僕も都会のマナーに苦戦しましたし分かります。屋根の上は飛んじゃダメだとか」

「アハハ……さっすがぁ……」

さすがのメナもその話には呆れてしまうのでした。

その談笑する様を見かけたコリンが「うちもまぜて」と近づいてきます。

「お、ロイド君か……お茶の差し入れ？　ありがとな～今淹れたるからちょっと休憩しとき」

「ありがとうございます、お言葉に甘えますね」

コリンの気遣いにロイドはいったん休憩することにします。イスに座り一息つくのでした。

フィロはコリンの淹れたお茶をまるで雪山で遭難した人のようにすすります、世間と自分の常識のギャップに打ちひしがれたのでしょう。

「……マナー恐るべし」

「が、頑張ってくださいフィロさん」

「……ん」

少しやる気を取り戻したフィロにクロムとコリンが優しい言葉をかけてあげます。

「まぁフィロが常識を身につけたら傑物になるだろうな、俺が保証しよう」

「ほんまやで、頑張りやフィロちゃん」

教師二人に励まされフィロは完全にやる気を取り戻した模様です。

「……めざせ無敵」

「その意気ですよフィロさん！　あそうだ――」

話が一段落したところで、ロイドは軍事演習のことについて尋ねようとしました。

「あの、僕まだ軍事演習の日取りとか詳しい内容とか聞かされていないんですけど……何か詳細決まりました？」

素朴な疑問。しかしなぜかクロムたちの表情が曇ってしまいロイドが慌ててしまいます。

「あ、あれ？　僕なにか悪いことでも聞いちゃいました？」

コリンは「ちゃうで」と首を振ると、その表情の理由を教えます。

「いや、ちゃうねん、実は詳細が全然こっちに降りてきてへんのでな……話が進んでいるのかいないのか分からんのでウチらも困ってるんや」

「え、近衛兵であるクロムさんたちにもですか？」

真っ先に知っておくべきであろう王様の側近が進んでいるのかいないのかすら分からない状況にロイドは驚いてしまいました。

クロムもメナも不満や不安が顔から滲みでています。

「日時、場所、軍事演習に必要な敵の規模の想定などなど……その辺もいっさいこっちに伝わっていない、本当にやるつもりなのかすら怪しくなってきた」

メナも糸目を開いてマジトーンで愚痴をこぼします。

「なんでも軍師さんの考えで直前まで詳細を明らかにしない方針なんだ……確かにその方がより実戦的になるとはいえ、関わっているギルドに手間をかけさせないための演習なんだけどなぁ」

軍師という聞きなれない役職にロイドは尋ねます。

「軍師さんですか?」

「せや、『美しき謎の天才軍師』とかいうフード被《かぶ》った怪しげな女性が言うとったわ。そんな怪しい風体なのに王様もフマルさんも何一つ文句言わんで従いおる……」

「言っていることはまともだからいいけど……なーんかひっかかるよね」

「王もそのことについては答えてくださらん。洗脳の類でないといいのだが……うぬぬ」

空気が重くなる近衛兵一同。ロイドは困った顔をしました。

「えっと、そうだったんですか……まいったな、保存食を逆算して作ろうと思ってたんですけど」

「スマンなロイド君、詳細は分かり次第すぐ伝えるから君は今日みたいに差し入れとかを継続して続けてくれ」

「そうだね、助かったよ〜。モチベアップに繋がったよ、ね〜フィロちゃん」

「……………うん」

ロイドは感謝され顔をほころばせながらお城を後にするのでした。

ささてさて、アザミの王城を後にしたロイド、次なる訪問先を模索します。

「うーん、ここから近いのは広報……いや、なんか嫌な予感がするから広報部はまた今度にしよう」

勘が鋭いですね。今日も広報部長と上級生のメガネ女子先輩パメラさんが差し入れの噂《うわさ》を聞きつけロイドが来るのを待ちかまえていましたので。

「軍人の持ち味であるフォーマルな格好良さとワンポイントでカジュアルを表現できるこの秋一押しのファッションをロイド君に着てもらい軍のイメージを高めようと思ったのに」メガネクイー
「前回のナース服よりよっぽどまともなんだけど……こういう時あの子来てくれないのよね」

「やはり女装が彼を引き寄せるのでしょう、嫌よ嫌よも好きの内……彼の心の深淵を覗けました」メガネクイッ
現場からは以上です。

さて、行かなくても結局変な方向に誤解されることも知らず、ロイドはどこへ行こうか、ちょっと遠いけど国境警備の方に足を向けようか、そう考えていた時です。

モソ……モソ……

なにやら怪しげな人影が建物の陰から双眼鏡で遠くを眺めている姿が見えました。ちょっと

着るには早いロングコートにマスク、サングラス……マンガで見かける、典型的な下手くそ尾行をするような迷探偵の出で立《いた》ちですね。さらにコートの下は貴族風の服が見え隠れしており逆に目立つ組み合わせとなっております。セット効果で注目を集めるタイプの装備です。

さらに残念な点は頭。日光を浴び伸び伸びと生い茂ったような雑草がごとき頭髪の上に、なぜか赤いカメが鎮座しているのですから……ここまでくると目立ちたくてやっているようにしか思えません。

さて、その髪の毛に見覚えのあるロイドはトテトテと近づいて嬉《うれ》しそうに話しかけるのでした。

「サタンさん何しているんですか？」

「どわぁ！」「ノォウ！」

はい、下手くそ尾行をしていたサタンとスルトは背後から急に声をかけられ、実に情けない声を上げるのでした。

「えぇ⁉」

そのビビり具合にロイドが逆に驚く始末です。

「いやいや私は怪しいものでは……って、なんだロイド氏じゃないか」

振り返ると見知った顔がそこにいて、サタンは安堵したようです。

「あ、すみません……何かお仕事中でしたか？」

「いやいや、気にすることはないよ。なぁスルト」

「そうだぜロイドボーイ！　気にしないでくれぃ！」

そのカメがスルトであると分かったロイドは改めて挨拶をしました。

「あぁスルトさん！　実体化っていうやつですか？　したと聞いてはいましたが前と比べて丁度良いサイズですね」

「オウよ！　今じゃ割り切ってマスコットとしておねーちゃんにナデナデしてもらえるよう日々是ショージン！　トライ&エラーしているぜ！」

明後日《あさって》の方向に頑張ろうとしているスルトにロイドもサタンも苦笑しました。

「んで？　ロイドボーイは何してるんだ？」

「僕はですね、補給任務というみんなのモチベーションを上げるため差し入れとかを配っているんですよ……そうだ、こちらをどうぞ」

お茶葉とクッキーの詰め合わせを貰ったサタンは笑顔でお礼を言いました。

「あぁありがとう……なるほどコレが耳にした争奪戦回避の秘策か……難儀だなぁ」

リンコから直接この話を聞いているサタンはロイドのヒロインポジションにまた苦笑してしまうのでした。

一方スルトはクッキーに興味津々《しんしん》で頭の上から首を伸ばしてのぞき込んできます。

「ヘイ！　セタ！　クッキーと聞いて我慢できない俺がここにいるんだ！」

頭上でせがみ、ついには髪の毛を噛《か》み始めるスルトにサタンは子供を注意するような口調になります。

「こーらやめなさい！　ほら、これで満足か」

「サンキュ！　うん、ウマイ！　カントリーのマミーが作ってくれたようなしっとりクッキーだぜ！　元気にしているかなぁ……」

ロイドのクッキーを噛みしめながら郷愁の思いに駆られたスルトはホロリ涙を流しました。

そんな二人にロイドはなぜここにいるのか尋ねました。

「あの、お仕事ではないとすると……お二人はここで何を？」

言い出しにくい二人は顔を見合わせるとアイコンタクトで相談しあいました。

「どーする、スルト」

「どうするも何も……正直に話すさ。すまないロイドボーイ、これは機密事項でな、俺たちがここにいたことも内緒にして貰いたいんだ」

機密事項と聞いてロイドはかしこまった後、素直に返事をしました。

「そんな大変な時に……申し訳ありませんでした」

「いやいやそんな畏まらなくても……あぁそうだ、ちょっと話を聞きたいんだが」

空気を切り替えるようにサタンはロイドに尋ねます。

「あ、はい、僕の知っていることだったら」

「アザミ軍の軍事長官カジアス中将について何か知っていることはあるかな？　ちょっと気に

なっていてさ」

サタンの質問にロイドは腕を組んで「うーん」と考えてしまいました。

「そうですね……昔クロムさんがたまーに『予算要求がうるさい』とか愚痴を言っていたような……」

力になろうと頑張って思い出そうとするロイドを見てスルトがサタンに小声で話しかけます。

「おいセタ……ロイドボーイがスパイ疑惑のことを知っているとは思えないぜ」

「軍事予算を増やすためあちこちでトラブルの種を蒔《ま》いて暗躍しているはずなんだ、意外なところから良い情報が入るかもしれないだろ……所長だって言っていたろ『ヒントは意外なところに落ちている』って」

「たぶんゲームの話だぜありゃ……まぁなかなかガードが堅いからな、ワラにもすがりたい気はわかるぜ」

結構苦戦しているみたいですね調査。

さてロイドはうなり続けましたが、結局良い情報は出てこなかった模様です。

「ごめんなさい、それくらいしか……」

「あぁ気にしないでくれロイド氏」

急な質問をわびるサタン。その時ロイドは「そうだ」と何かを思い出した顔をします。

「あ、でもさっき諜報部のロールさんが古い資料……プロファイリングを整理しているとか言っていましたし何か聞けるかもしれませんよ」

「ロール氏が？」

「ええ、何でも左遷した前任者のことを調べているみたいで……」

左遷というワードに心当たりがあるのかスルトはサタンに声をかけます。

「ほうほう……ヘイ、セタ」

「確か諜報部の前任者は……そっちの線から当たってみるか。ありがとうロイド氏、ロール氏に聞いてみることにするよ」

お礼を言われたロイドは頭を掻いて謙遜しました。

「いえ、大した力になれず……こういう情報とかしっかり答えられるようにならないと軍人としてダメですね」

久しぶりに弱気発言のロイド。あぁやっぱり各部署で頑張っているみんなを見て、前線で頑張りたいなとちょっとナーバスになっているみたいですね。

そんな彼を励ますようにサタンが肩をガシッと摑みました。

「何を言っているんだロイド氏、君が頑張ることで君の周囲の人間は確実に幸せになっている、確実に君の目指している軍人像に近づいているじゃないか」

「そ、そうなんですか⁉」

スルトもカメの首を上下させて頷きます。

「そうだぜロイドボーイ、このクッキー最高だぜ！」

「君の一番の魅力は人間力だ。料理も掃除ももちろん、諦めない力が皆を引っ張っている」

「僕が引っ張っている？」

「その自覚は多少あるだろう？」

ロイドはサタンの視線の先……腕の腕章をチラリと見て頷きました。

そしてサタンもクッキーを一つ頬張《ほおば》りながら頷きます。

「うむ、このクッキーも君の人間力の側面が一つ……今他のみんなが自分より軍人らしい仕事をしているから自分はダメだと蔑《さげす》んではいけない。そして君自身十分強いにもかかわらず、コンロン村の皆と自分をついつい比較してしまい、吹っ切れていないのかもしれないな」

「まぁあの村の住人とじゃあなぁ」

スルトはクッキーを咀嚼《そしやく》しながら相づちを打ちます。

「だがね、その人間力は俺もスルトも、アルカ氏にもない……君が誰かに必要とされるよう頑張ってきた、努力を無駄にしない努力を続けてきたから手にしたものなんだ。もっと胸を張ってもいいんだぜ」

ポンとロイドの胸を叩くサタン。

「あ、ありがとうございます。師匠のサタンさんにそう言ってもらえて嬉しいです」

「これからも頑張るんだぜロイド氏」

「ハイ！　一生勉強ですから！」

「いい返事だぜぇロイドボーイ」

サタンは色々と言葉を選んで彼に伝えようとします。

「これからも色々と君に大変なことが降りかかってくるかもしれない、でも今の気持ちを忘れずに頑張って欲しい」

「はい！　ありがとうございました……って僕がモチベーション上げてもらってごめんなさい」

「いいってことよ、頑張れロイドボーイ！」

「はい！　そうだ！　僕国境警備の方に行くつもりだったんだ！　急がないと……それじゃ失礼しますね！」

その言葉とともに深々と一礼するとロイドはその場を去っていきました。


ロイドの去りゆく背中を眺めながらスルトが呟きます。

「色々なこと……か。ま、今言えることはこのくらいだもんなぁ」

「そうだな、彼に事実を伝えるのはまだ早いさ、混乱するもの」

スルトは首を伸ばしサタンの顔を上から覗き込みます。

「にしてもよぉセタ。ずいぶんロイドボーイのことを気にかけているんじゃねーか」

「まぁね、似てると思わないか？　彼のコンロン村での境遇と研究所での俺たち」

　サタンの言葉に思い当たる節があるのかコクコク首を動かすスルト。そして昔を思い浮かべため息混じりで吐露します。

「ん？　あぁ確かにな。スゲー連中が山ほどいて地頭なんて二歩も三歩も俺よか進んでて、やんなった思い出があるな……なるほど、腐るなって昔の自分に言い聞かせているようなもんか」

「そういうことだ、それに初めてできた弟子……というか後輩らしい後輩だからな」

「あん？　後輩だったらアルカちゃんやユーグがいるじゃないか」

　サタンは思い出すだけで辛そうな顔をし、青ざめるのでした。

「ノーカンだろあんなの。態度がハンパなくでかいし奔放でさぁ」

「確かにリスペクトの欠片もなかったな」

「そうそう、尊敬してもらえるってのは嬉しいもんだ、ちんけな自分でもやってやるって気になるんだ。俺らはそれをキャバクラで補充していたんだろうね」

　スルトは同族の言葉に納得して大笑いです。

「ダーッハッハッハ！　ノーコメント！　まぁそのリスペクトは今からでも取り返せるぜ。ユーグの嬢ちゃんの目を覚まさせてアルカちゃんに胸張って報告するんだよ」

「そうだな、数百年越しのリスペクトを取り返えそうじゃないか」

　なんだかんだで息の合うコンビになった二人は笑いながら課報部の方へと向かっていきました。

「そういやロイド氏、これから国境付近に急がなきゃとか何とか言っていたが……彼の足じゃさほどかからんだろうに」

「んー差し入れの準備に手間取るとかじゃないのか？」

「まさか間違ってジオウ帝国の方の前線基地に行くとかないよなぁ、だったら遠いし急ぐのも無理ないが」

「んなまさか、さすがにロイド氏でも自国と間違いはしないだろ」

この会話がフラグになっているとは気付かず、二人は笑うのでした。

第二章

たとえば敵チームの合宿に紛れてしまい最終日まで過ごしたスポーツ選手のようなケアレスミス

さて、そろそろこの物語に何度も出てきているアザミの敵国であるジオウ帝国についてお話ししましょう。

ジオウは大陸北東部、資源の乏しい土地に成立した一つの小さな国でしたが、自国の生存のため周辺諸国と手を組み、時に併呑《へいどん》し、徐々に大国へと姿を変えていきました。

資源の乏しさ故《ゆえ》に魔法が発達し、その力を用いて侵略していったので軍部が市民の生活面にも政治面にも多大な影響力を持つことになります。

軍が国を掌握《しょうあく》しつつある中、ジオウ帝国付近の寺院……相手の魔法を封じることのできる門外不出の秘術を修める僧侶たちを自国に吸収し軍部に迎えたのが決定打になりました。

魔法が発達し生活に欠かせなくなった国では魔力が一種のステータス扱いになります。もちろんジオウも例外ではなく魔力の強さは地位や名誉に直結していました。

その魔力を封じることができる力を手にした軍部……相手の地位を剥奪《はくだつ》することができる手段を手にしてしまったのです。軍部は逆らえなくなった有権者たちを利用し、自分たちに有利な様々な制度を敷いて確固たる地位を築きました。

もう軍部に誰も逆らうことのできなくなった期にジオウは帝政へと移行、以来歴代の王はほとんどが軍部出身となりました。

そして徐々に生存のための侵略は侵略のための侵略へ……肥沃な大地を求めジオウはどんどん南下していき周辺諸国を併呑していきます。

侵略により資材や資源が豊かになるにつれて魔法依存の生活も発展が緩やかになっていき、それに伴い魔力の価値も下がっていきました。

残されたのは権力を牛耳った軍部のみ。一時魔法大国と謳《うた》われたジオウは過去の国となりました。今では魔法大国といえばロクジョウ……あちらは魔石の発掘や国立の魔術学園を作ったりと魔法がお金になり続けるうちはずっと発展していくでしょうね。

そして……その強大な力を持っている軍部さえ押さえてしまえば簡単に掌握できる国だとユーグらに判断されたのが運の尽きでした。

見る人によって印象が変わる怪人ソウ、コンロンの村出身で比類無き身体能力の持ち主ショウマ、そしてこの世界の水準を遥《はる》かに上回る科学力と魔王の力を有するユーグ……彼らにあっさりと掌握されたジオウ帝国の軍部は「世界の敵となり科学力を発展させる&ロイドを英雄にするためのアザミ王国にとっての仮想敵国」として分かりやすい悪の大国ムーブをかませ始めるのでした。ゲームですら今時いませんってくらい分かりやすい悪役ムーブをです。

末端の小国は荒れ、重税に田畑を放棄しアザミに逃げ込む国民。待遇の悪さに盗賊に身を落とすジオウの軍人。中央都市もディストピアな階級制度を用い国民の流動性も発達性も無くなり腐敗を起こす始末。極めつけは王に成り代わったソウのミステリアスな威光を使って「この世界の正当な民」と中央国民に選民意識を持たせ排他的な風潮に拍車をかけさせ……これを悪役に徹するためわざとやっているからたちが悪いことこの上ないですね。

元々持ち合わせた地力でなんとか国としての体裁は保ててはいますが何かが起きたら暴走、崩壊しかねない……今はそんな状況の国です。

ですので、末端のジオウ帝国民は基本吸収された小国上がり……忠誠心をほとんど持ち合わせておらず、上をあてにしない気風が漂っていました。

アザミにもっとも近いここ、ジオウ帝国国境警備前線基地も例外ではなく僅《わず》かな給金は故郷に送り、自分たちは山の斜面に田畑を耕し狩りをしてほぼ自給自足に近い生活をしている軍人のたまり場となっていました。

いつかアザミとの戦争で鉄砲玉にされる日に怯《おび》えながら……とまぁ不安や不満に押しつぶされそうになる度に吸収された祖国や家族を思い出し、耐え凌《しの》いでいるのでした。

そんな末端の軍人が働くジオウ帝国とアザミ王国の国境付近の山間に位置するジオウ帝国前線基地。

補修されたのがいつだか思い出せないくらい塗装がボロボロにはげた建物の見張り台では、末端の軍人がつまらない顔をして国境付近を眺めていました。

燃えるような赤い軍服の色合いとは逆に職務にはそこまで熱心ではないようで……時折国境ではなく景色や野鳥の方に双眼鏡を向けています、注意力散漫ですね。

「交代だ」

同じく赤い軍服に身を包んだ上官らしき男がハシゴから上ってきました。部下の男はやる気なさそうに敬礼します。

「やっと交代ですか？　さーてあとは報告書に異常なしって書くだけですね」

「たまには異常なし以外の……具体的な報告を上げたらどうだ？」

「野鳥の観察日誌でも書けって言うんですか？　異常なしが何よりの報告だと思いますが」

上官は口ヒゲを撫《な》でながら部下に返す言葉を探します……が、見つからないようですね。

「全くもってその通りだ……」

「俺《おれ》も他《ほか》の軍人も最初は真剣に報告上げていたんですけどね、なーんも言ってこないもんですからやる気なくなっちゃって」

上官は片眉《かたまゆ》を上げ呆《あき》れた表情です。

「中央はもう俺たち末端のことなどどうでもいいのかもしれんな」

「ほら、あっちに忙しいんじゃないですか？　王様が最近顔を出さなくなって死んだなんてもっぱらの評判ですよ。今じゃ側近の博士だか何だかが政治を回しているそうじゃないですか」

王様はソウのことですね、彼は今ロイドに倒されコンロンの村で眠っていますから。

「少し前に王位についた出自不明の人物か……軍部出身じゃないから期待したが想像以上に酷《ひど》くなったな」

「王様ってより胡散《うさん》臭い教祖って感じでしたよ。中央の人間は心酔して王様の『ジオウ国民こそこの世界を統べる正当な民』という発言を鵜《う》呑《の》みにして……おかしかったジオウ帝国中央はさらにおかしくなっていきましたね」

「心のより所にしていた王様が亡くなって中央国民は慌《あわ》ててるんだろう。やり場のない憤りや肥大化した選民意識が暴走しているようだな」

「責任の所在をアザミに向けて戦争を仕掛ける噂《うわさ》もありますが……戦うのは俺ら末端だから嫌なんですが、本当にやるんでしょうか、戦争」

口ヒゲの上官は眉根を寄せ気むずかしい顔をしました。

「残念ながらやる気満々のようだ、コレを見てみろ」

彼は尻《しり》のポケットにつっこんだ競馬新聞のように丸めた資料を取り出すと部下に手渡しました。

「アザミ王国が軍事演習……ありゃ、向こうさんはやる気ですね」

「ジオウ帝国中央軍部は、どうやらそのタイミングに乗じて奇襲をかけ戦争の口火を切るつもりらしい……もちろん俺たちも駆り出されるだろうな」

部下は「マジですか」と嘆《なげ》き肩を落としました。

「あー、マジで始まっちゃうんですね……しかしこんな情報をよくまぁ摑《つか》めましたね。アザミにスパイでも紛れ込んでるんですかね」

「かもしれんな、狡い中央のやることだ……度々アザミの商業隊が盗賊に襲われている話は知っているよな」

「あ、はい。上は盗賊を追わずに見逃せとか変な指示出していましたけど」

「どうやらわざと襲わせて武器だの何だの横流ししているみたいだぞ。強盗に見せかけた密輸というやつだな」

最近のいざこざのせいでアザミとジオウは冷戦状態、貿易も断絶しており武器はおろか食料品だって輸出入できない状況なのに……と部下は啞然《あぜん》としております。

「じゃあジオウ中央とアザミの武器商会はグルってことですか？　自分たちだけアザミと裏取引して儲《もう》けて……」

「確証はないしスパイも別にいるかもしれん。だが事実だとすると起こるべくして起きた戦争かもな」

「あーあ、だったら早めにここ辞めとくんでしたよ……この前の子供幽霊のドサクサに紛れて……」

上官は口ヒゲを撫でながら訝《いぶか》しげに尋ねます。

「何度も聞くのは悪いが……それは本当にあったのか？　お前しか言っていないのだが」

部下は怪談噺《ばなし》をするベテラン講談師が如く真《ごと》に迫った表情で語ります。

「いやいや、本当なんですよ……今みたいに見張りをしていた時ですよ。タタタタ一って元気な足音が急にして次に仲間の悲鳴……『何だろう』『怖いな〜』って双眼鏡を向けたら、アザミ王国の軍服を着た少年がそこにいたんですもの。詰め所にいた何名かも腰を抜かしていたんじゃないですかね。そして足早に去っていって影も形も無くなって俺も、疲れていたのかと思いましたよ……そしたら白いローブの少女が現れて詰め所にいた軍人たちの頭を鷲掴《わしづか》みに……急いでハシゴを下りていったら――」

「いったら？」

「なんと、記憶がないって言うんですよ！　俺だけがあのアザミ軍の少年とローブの少女を見たって言うんですから……でも実際足跡や外からきた土なんかありましたし……マジで怖かったですよ」

「白のローブの少女は余計じゃないか？　軍服の少年で話は完結できると思うが……」

「ちょっと上官！　作り話じゃないんですって！」

口ヒゲの上官は冷静にヒゲをなで続けていました。

「そうか、だったら怖いな、辞めたいな仕事」

乗っかってくる上官に部下も乗っかります。

「辞めます？　正直待遇は最悪だし飯も不味《まず》い、自給自足しなきゃ賄えないなんて軍人じゃないですって」

「しかし我々の故郷には妻子がいる。辞めてどうにかなるのなら今すぐ辞めているさ」

部下は「ですよね」と頷《うなず》きます。

「子供たちを失ったら心の中にある俺らの国、無くなっちまいますからね。じゃ、監視よろしくお願いします」

亡き小国を今も心に持つ彼らはその気持ちと毎日葛藤し折り合いをつけながらジオウ帝国で働いているのでしょう。

部下から双眼鏡を受け取り監視を交代する上官はしばらくの間国境付近を真面目《まじめ》に監視しておりました……が、やがて飽きたのか空を眺めたり赤みがかり始めた山々やその色合いを映す川を見たりし始めるのでした。

「今日も平和だな……んむ？」

その時です、遠くの方で鳥がけたたましく鳴きながら空へと飛び立っていきました。

「ん？　モンスターか何かが暴れたのか？」

不安をかき立てる光景に双眼鏡を握りしめ遠くを見やる上官……その次の瞬間でした。

「んぎゃぁぁぁ」

先ほど別れた部下の悲痛な叫び。

退《の》っ引《ぴ》きならない事態にしか出さないであろう絶叫に上官は慌ててハシゴを降り詰め所の方

へ駆け寄ります。

「どうした⁉　いったい何事だ⁉」

駆けつける上官の前では叫んでいた部下が腰を抜かし床にへたれ込んでいました。

ただ事じゃないと駆け寄ると彼は助けを求めるように振り返ります。

「上官、あれ、あれ、あれぇ！」

情けなく震える手で指さすその先には……

「あ、どうも。おじゃましています」

礼儀正しく「アザミ王国」の軍服に身を包んでいる柔和な少年がそこに佇《たたず》んでいるではありませんか。

ジオウの軍服と違う緑色のその服を着込んだ、いるわけがない存在に上官も驚いています。

「な、なぜ……」

その短い問いに、少年……もうバレバレですよね、ロイドは屈託《くったく》のない笑みで答えました。

「あ、はい補給任務で物資を持ってきました、ロイド・ベラドンナと申します」

「補給？　聞いていないが、それよりも……」

まぁ聞いているわけありませんよね、だってアザミ王国の話ですから。

さて、なぜロイドがサタンたちのフラグ通りにジオウの前線に来てしまったのでしょうか……その話はかなり前にさかのぼります。

ロイドがホテルマンの仕事を終えてから初めての中間試験がありました。

その試験内容の一つが「物資を前線基地に届ける」でして……ロイドは「試験だしこんな近くの場所に届けるわけないよね」とアザミ王国の前線基地は華麗にスルーし、国境を越えジオウ帝国の前線基地の方に届けてしまったというわけです。

作中期間数ヶ月、現実期間で実に三年越しのネタ回収……ロングパスにもほどがありますね。

さて、そんな突飛な流れをこの状況で把握できるわけもなく……上官はある方向で勘違いを始めました。

「落ち着け、これは俺の予測だが……彼が例のスパイじゃないのか？」

「例のスパイって……もしかしてさっき話していた、あの……」

上官はゆっくり頷きます。

「そうだ、『ジオウ帝国からアザミ軍に潜伏しているスパイさん』だ……冷静になって考えてみろ、じゃなかったらどうしてこうも堂々と敵国の軍服を着てうろつけるんだ？」

そこまで言われた部下は「な、なるほどー」と納得しました。幽霊だの何だのよりそっちの方が理解できますもんね、実際は幽霊と同じくらいぶっ飛んだ理由なんですが。

「そ、そっすよね。じゃないとこんな格好でうろつけないですもんね」

とはいえ警戒を続ける二人。その対象であるロイドはというと……なぜかほんのりご立腹でした。

「あの！　すいません！」

「「はい⁉」」

少し強めに声をかけられビビってしまう二人。声をそろえ返事をし、おそるおそる彼の方を振り向きます。

ロイドは腰に手を当て、お母さんのように怒っていました。

「なんですかこれ！　汚いお台所に、この缶詰の量！」

ロイドが指さす方には大量の缶詰の山……末端軍人に配布される栄養も塩分も偏った食料の備蓄でした。

「えっと、これは国から支給される……」

「だからってコレだけを、調理せずそのまま大量に食べたらどうなっちゃうか知ってますか！　軍人は体が資本なのにマリーさんみたいに動けなくなっちゃいますよ！」

マリーさんって誰だという二人をよそに、ロイドは「ちょっと待ってくださいね」とプリプリ怒りながら持ってきた補給物資の荷物をあさりだしました。

「掃除用具も持ってきてよかったです……何だろう、缶詰にはマリーさんみたいにする効果効能があるのかな？」

いえ、マリーが自堕落なだけですよ。缶詰は用法用量を守って楽しく食してくださいね。

だからマリーさんって誰？　という疑問をよそにロイドは台所を綺麗《きれい》にし、補給物資の中から食料品を取り出すと缶詰を使ってちゃちゃっと料理を作り始めました。

「そのまま食べるんじゃなくて、お野菜と一緒に温めて……内臓は冷やしちゃダメですよ」

数分後、ホッカホカの料理が出来上がります。缶詰の中身がここまで激変するとは……と驚く二人は誘導されるがまま席に座り料理を口に運びました。

敵国の軍服に身を包んだ男が作った料理……毒か何かを警戒するべきなのでしょうが、そんな警戒心を吹っ飛ばすくらいその料理の香りは鼻孔をくすぐるのでした。

脳に「絶対ウマイから食え」とせっつかれ、二人は料理を口にして……「「ウマイ！」」と声をそろえます。料理マンガだったらエフェクトで部屋が埋め尽くされるくらいのリアクションでした。

普段おいしいものを食べていないが故、心のガードが一瞬にして下がってしまったようです。おいしい料理によって彼らのロイドに対する認識はヤベー奴《やつ》から天使へと一八〇度変わったのでした。

「上官……ウマイっす……一手間加えるだけで……缶詰でもこんなうまい飯が作れるんですね⁉」

「そして、こんなウマイ飯を作ってくれる人間に悪い奴はいない」

「上官は人を見る目がありますからね！　たしかにあの柔和な笑顔は天使じゃなきゃできないっす！」

確かに見る目はあるとは思います……味方のスパイではなく正真正銘本物のアザミ軍人であること以外は。

さて、二人の料理漫画的リアクションに誘われて他のジオウの軍人たちがゾロゾロと食堂の方にやってきます。皆一様にロイドを見てギョッとしますが上官がその都度一つ一つ丁寧に説明して誤解を解いていくのでした……勘違いってこういう風に蔓延《まんえん》していくんですね。

そして流れるようにロイドの料理↓一口食べて料理漫画的リアクション↓追い打ちの笑顔でイチコロという様式美にも似た信頼度爆上がりパターン入り、気が付けばジオウ帝国の前線基地にいる全員がロイドの虜《とりこ》になったのでした。

そして食堂はそのまま夕食になり、気をよくした軍人たちはロイド歓迎の宴会へと流れ込むことに……夕方近くに始まった宴会ですが大盛り上がり、日をまたぐ勢いの盛り上がりっぷりはどんだけマズイ飯を食べてきたのかが窺《うかが》えますね。

口ヒゲの上官が酒の入ったグラスを掲げ、テーブルの上に乗ると大声を張り上げます。

「いやぁ！　ロイド君すまなかった！　一瞬でも君をスパイだと疑ってしまってぇ！」

「はぁ……スパイ？」

本人は普通にアザミ軍の前線基地と勘違いしているので気の抜けた返事をするしかありません。

「気にするなロイド少年、上官は酔っぱらうといっつもあんな感じなんだ」

「そうそう、しっかし料理がうまいな！　どこかで働いていたのか？」

「僕、故郷村の方で家事全般やっていましたので……お恥ずかしい話、料理は得意でもモンスター退治とかはてんでダメでした……」

頬《ほお》を掻《か》くロイド、しかしその後、芯《しん》のある眼差《まなざ》しで言葉を続けます。

「でも、頑張って今では軍人の末席として日々精進しております！　いつかは皆さんみたいな一流の軍人になりたいですっ！」

その言葉に感動した上官は目を潤ませ「そうかっ！」と彼の肩を熱く叩《たた》きます。

他の軍人もロイドの言葉に感動し目頭を熱くさせています、さらに他の軍人は小声でこんなやり取りをします。

「こんな子供に敵国の潜入をやらせるなんざ、とんでもねぇな中央は」

「危険な任務だろうに……」

「正規の軍人を出汁《だし》にしているんだろうぜ、中央で働けるって騙《だま》してさ」

「故郷の家事を一手に引き受けていたって聞いたし苦労人なんだろう」

「すると俺たちと同じく吸収された国の子か……なんて不憫《ふびん》なっ」

敵国の軍人とは欠片《かけら》も思わず心配まで始める始末です。そして最後は「俺たちと同じ捨て駒か……」と仲間意識まで芽生えちゃったようですね。

ロイドもロイドで自給自足しないと食料も賄えない、施設も器具もボロボロ、劣悪な環境の前線基地の実体を目の当《ま》たりにして少々面食らっていました。

「でも……前線基地って大変なんですね、他はそんな雰囲気はないのに……食料がここまで少ないなんて驚きです」

そりゃ別の国ですからね。そんな雰囲気ないのは仕方がありません。

その言葉を「ジオウの中央」だと勘違いした上官は憤りや落胆などが混じった声音で実情を語ります。

「足りないから畑を耕したり野山で狩りなんかしてな……一昔前なんか『盗んだ方がましだ』なんて盗賊に身を落とした連中だっていたんだぜ」

「そうだったんですか、そんな歴史が……聞いたことありませんでした」

そりゃ敵国の軍の話ですからね。そんな話の横から今度は別の軍人が酒臭い吐息混じりで会話に参加してきました。

「でもよぉ、俺たちゃ故郷のため、悪党なんかに身をぜってー落とさねえ！　神に誓うぜ！」

「ですよね、僕も故郷と国のために精一杯頑張ります！」

「そうか！　良い志だ！」

その国、アザミ王国なんですけどね。

そして和やかな雰囲気になったところでロイドはすっかり暗くなった外を見てそろそろ帰る支度をします。

「すいません、僕そろそろ……あまり遅くなるとマリーさんが心配しますんで」

「うぇ～いロイド君、誰だいマリーさんって、ひょっとしてコレかぁ？」

小指で「彼女かい？」と問う軍人にロイドは笑って返します。

「アハハ、ん～なんて言うかご飯作ってあげないとダメな人です」

その言葉を聞いてこの場にいる全員が「年老いたご両親」とか「体の弱い姉」を想像しました……違いますよ、生活能力皆無なだけです。

「そっか、優しいな君は、ますます気に入ったよ、なぁみんな！」

よく分からないけど盛り上がっているならいいか、とスルーするロイド。

帰り支度を終え帰ろうとすると軍人全員お見送りをしました。

「また来いよロイド君！」

「あ、ハイ。また来ます！」

ロイドはそう言ってお別れすると駆け足でアザミ王国へと帰っていくのでした。

「前線基地って大変なんだな……これからはちょくちょく食料を届けにいこう……機会があったら王様にも相談しよう」

モンスターのいる山や谷を越えながらロイドは独りごちます。

「でも、初めて知ったな、前線基地の人って赤い軍服なんだ……」

ロイドは今日会った前線基地の軍人が全員ジオウ帝国とは知らず、図らずも敵国の心と胃袋を鷲掴みにし自分の虜にするというスパイ顔負けのミッションをこなし帰路に就いたのでした。

そんな自国の兵に悪の枢軸とまで言い切られたジオウ帝国中央軍部の研究室ではユーグがソファーに寝っ転がりながら資料を眺めていました。ブーツを脱いで裸足《はだし》の両足をペチペチ鳴らしており考え事をしているようです。

そんな彼女にとって快適くつろぎ空間……であるはずの一室は所々崩壊しています。凶暴な獣が殴りつけたっように鉄の壁を指で引き裂いた跡、ひしゃげたイス、真っ二つに折れた机……嵐《あらし》が過ぎ去ったようなその部屋の中央でユーグはくつろいでいた——いえ、むしろ彼女自身が暴れてスッキリした後のようにも思えます。

部屋の惨状など意に介さず、彼女が目を通しているのはなにやら緻密な書き込みの図面、それを眉間《みけん》にしわを寄せながらジッと見つめているのでした。

キュム……キュム……

そこに、毎度お馴染《なじ》みウサギの着ぐるみをきたイブが現れます。プロフェン王国の国王にしてアルカたちが研究員時代のスポンサーでもある新興国の大統領。ソウをそそのかしロイドを殺そうとした……ここに来て不気味さを醸《かも》し出し始めた女性です。

「ハロー……ん？　んっあっうん！　……ヘロォ！　ユーグちゃんご機嫌いかがかな？」

底抜けに明るく、ハローの発音を気にしながら現れたイブ。

そんな彼女の登場にユーグは起き上がりブーツを履いて姿勢を正しました。

「あ、イブさん」

「やほやほ〜……ってどうしたのこの部屋！」

口に手を突っ込んでわざとらしく戦慄《わなな》くイブ。

ユーグは初めて気が付いたのか辺りを見回し嘆息《たんそく》しました。

「あぁ、またやっちゃったのか」

「また？」

問いかけるイブに聞かないで欲しい素振りを見せるユーグ。イブも深くは追及せず飲み物を用意しようと荒らされていない部屋の奥へキュムキュム歩いていきます。

「……まぁいいわ。とりあえずお茶淹《い》れるわね……って何コレ⁉　炭酸水作る機械⁉　わーお、じゃあスパークリングティを作っちゃおうかしら」

この時代の生活水準を超える物を数多く設《しつら》えたこの一室にイブはちょくちょく顔を出しているようですね、最新のゲーム機を持っている友人宅に入り浸る同級生といった感じでしょうか。

「あぁ、それイブさんが驚くかなって思って片手間で作ってみたんだ」

「片手間でっ！　片手間でこんなものをっ⁉　さすがユーグちゃんねぇ、こういう所が私がアルカちゃんより貴女を重用する理由なのよねぇ」

ユーグは犬歯を見せながら鼻をこすりました。ほめられると嬉《うれ》しいタイプ……いえ、おだてるコツを心得ているイブの術中にハマっている、そんな気がします。意識しているライバルと比較して誉めるスポンサー……ユーグは自尊心をくすぐられ、本人も気が付かないうちに彼女を信頼しているみたいですね。

プシュワーと炭酸を注入するイブにユーグが話しかけます。

「最近よく来ますねここに」

「そうね～もう衛兵顔パスで通してくれるようになっちゃって」

「顔パスって……セキュリティに疑問を抱くなぁそれ……中の人ちゃんと見せて確認させてます？」

イブは鼻歌を歌いながらはぐらかし、スパークリングティを作るのにいそしみます。

そして完成したスパークリングティを注《そそ》いだコップごと口の中につっこみ「しゅわしゅわたまらんわ～」とモゾモゾしていました……大変シュールな光景です。

「ゲフゥ……まぁそんなことはどうでもいいのよ、なーんか難しそうな顔していたけど、なんぞトラブルでも起きたのかね？」

部屋が荒れ果てている件も含め、それとなくやんわりと聞くイブ。「相談に乗るよ、言いたくなければいいけど」と暗に匂《にお》わせ言葉を引き出す術《すべ》はさすがの一言です。

言い出しやすい空気に乗せられユーグは真剣な顔でイブに向き直りました。腕を組み実にシリアスな雰囲気を醸しだしています。

「大規模な軍事演習だってさ、アザミ王国」

そのシリアスさを台無しにするようにイブはのほほんとしております。

「ほほう、ギルドとの連携をさらに高めるためジオウとの戦いに備えるつもりね……ん？　そんな機密事項をユーグちゃんがなんで知っているのかしら？」

アザミの機密事項が筒抜けなことに疑問を抱くイブ、首を傾《かし》げて着ぐるみの頭が取れかけました。

「アザミ王国軍とギルドには昔っからのタカ派がいてさぁ……タカっていうかハゲタカの部類なんだけどね」

「死肉喰《く》らい……戦争で懐《ふところ》を温めるタイプかしら」

「そ、そいつら予算や利益欲しさの戦争したがりで、こっちに情報を漏《も》らしてくれるんだよねぇ」

「なるほどね、軍事関係者と武器商会ギルドは戦争が起きたらオイシイものね」

すぐさまどこがタカ派か見抜くイブにユーグは感嘆《かんたん》の声を上げました。

「さすが元大統領、そして現プロフェン国王、理解が早い」

「まぁねぇ」

手を広げるポーズで称賛を浴びる着ぐるみ、遊園地で見かけそうな挙動です。

「そんな感じでさ情報は筒抜けなのさ。いやぁ向こうはこっちを逆に利用してやろうって腹積もりなんだろうけど、その魂胆も見え見えの見え見えで……滑稽きわまりないよ」

「裏切った時の手は打ってあるってことね。実に動かしやすいテンプレ人間は色々と便利よねぇ、分かりやすいし……切りやすい」

場合によっては躊躇《ためら》うことなく切り捨てる……声音を変えることなく言い切るイブにユーグは少し身をすくめました。

そんな機微に気が付いたのか、努めて明るくイブは誤魔化《ごまか》すよう会話を続けました。

「でも、なんかそれだけじゃなさそうね。ジオウの王様演じていたソウちゃん抜けてやっぱ大変ってところかしら?」

「いや、全然」

努めて平然とするユーグ。その取り繕った表情をイブは見逃しません。

「内心焦《あせ》っているみたいね、それも結構」

部屋を見回しえぐられた壁に視線を向けた後、イブは落ちている獣の体毛のように丈夫そうな白い毛を摑んで見せびらかしました。

ユーグは癇癪《かんしやく》を起こした子供が反省するように吐露しました。

「まぁ、ね……ここまで暴れたの久々さ。勝手に漏れ出たみたいだ、ボクの奥底に眠る奴」

意味深な言葉を紡《つむ》ぎながらユーグは困った顔で頭を掻きました。

「もともと悪の帝国を演じるため、適当な悪政を敷いてればいいんで放棄してもいいんですが……全く機能しなくなるのも問題なんで手間は増えましたね。お飾りの王様を演じてたソウ、そして実行部隊であるショウマが離脱したのは正直痛いですよ……何で急に自分たちの目的のため勝負を仕掛けたのか……」

「人ってそういうものでしょ」

自分が焚《た》きつけたことなどおくびにも出さないイブ、着ぐるみなので中の人の表情は分かりませんが……おそらく中も全く表情を変えることなくシレッと答えていることでしょう。

やはり自分になんの言葉もなく勝負にでた連中に少しショックを受けていたのでしょう、ユーグは「ですね、人間ですもん」と自分に言い聞かせるよう無理矢理納得し言葉を続けます。

「とりあえず演習は行うみたいですが日時とかはまだ不明だそうで……もしかしたらこの演習自体、スパイをあぶり出すための作戦を兼ねているのかも知れませんね」

「なるほどねぇ、向こうさんも考えているわけだ」

「まぁ、そろそろタカ派は処分します。やらかしそうなんで、また別のスパイを作りますよ……」

ユーグの言葉の途中から、イブは「ふむりふむり」と唸《うな》ったと思いきやあることを提案しました。

「その演習のタイミングでさ、もう戦争を仕掛けちゃうのはいかがかしら？」

実に軽い、「夕飯適当でよくね?」みたいな物言いで開戦を提案するイブにユーグは戸惑いを隠し切れません。

「え、あ? ……はい?」

らしくないリアクションのユーグに畳みかけるイブ、まるで自分がジオウ帝国の王様かのように、

「この演習に乗じてジオウ帝国はアザミ王国に攻め込むことにします」

と言い切る始末です。

「ちょ、ちょっと待ってよイブさん。いくらなんでも、このタイミングは無いんじゃないかな?」

及び腰のユーグに対し、その腰の引けている態度にイブは「マージーでー?」とわざとらしく呆れて見せました。

「ちょっとどうしたレナ・ユーグ! 昔のお前だったらよぉ! ……ンゲっふん」

まるで「同窓会で丸くなった友達を嘆く不良仲間」な芝居でスパークリングティをあおるイブ。炭酸系って一気にあおるものじゃないから案の定むせていますね。

ユーグは彼女にティッシュを差し出すと落ち着いた頃《ころ》を見計らい自分の見解を述べました。

「ソウとショウマがいなくなった今、下手に動くのは得策じゃないです。諸々計画もバレかけていて警戒されている真っ最中でしょうから」

そんな彼女の心根を見透かしたようにイブはスッと彼女の不安をあおる言葉を口にします。

「でも全て台無しになるのは嫌でしょう、自分のせいならまだしも、人のせいで」

ソウとショウマの独断専行で窮地に追いやられた……

その事実を再認識させられユーグはギリリと歯ぎしりして口元を歪《ゆが》め怒りを露《あら》わにしました。

彼らが独断専行するように仕掛けた張本人であるイブは着ぐるみの中で知らん顔をしているのでしょう、淡々と言葉を続けています。

「だから悩んでいるのではなくて？　今読んでいた兵器の資料を引っ張り出すってのは貴女も内心そう思っている何よりの証拠よ。破壊のルーン文字を施した『神殺しの矢』を」

「これは……ソウに代わる恐怖の象徴として……まだ完成はしていないし……」

「どのくらい完成しているのかな？」

「八割ほど」

「じゃあ残り二割を急ピッチで進めましょう、貴女ならできるでしょ二晩ほどで」

まさに無理を言うクライアントと困り果てるエンジニアのような情景。

現在対等な関係のイブですが前世で上司であったことと話術で巧みに無意識下の上下関係を植え付けているようですね。

立場の弱い新米エンジニアの如くおずおずとユーグは進言します。

「できますけど……」

「このとてつもない恐ろしい、世界が崩壊する前の水準を超えた兵器を八割も作れたのは、内心貴女がこうなることを恐れてたからだと思うわ」

「こうなる、ソウとショウマが裏切る……」

「日本で言う『虫の知らせ』。無自覚危機管理能力、レナ・ユーグの素晴らしいところはそこだと思うわ」

おそらくユーグは本心で戦争は今すべきではないと思っているのでしょう。

しかし「自分の奥底に眠っている本心は戦争をしたがっている」とほめ言葉を交え讃《たた》えるイブ。あたかも事実のように誘導する彼女の話術で、次第にユーグも「そうだったんだ」と思い始めます。

とまぁ、怒りという火種にイブは洗脳にも近い話術で存在しなかった導火線を作り出し……彼女を燃え上がらせたのでした。

そうなると後は簡単です、

「過去のテクノロジーをふんだんに取り入れた兵器も量産済み……このままじゃボクの予想を超えるアルカやロイド君に振り回されて終わるだけ……開戦するなら今が一番、いや、今しかないのか」

やる気に満ちたユーグを見てイブも煽《あお》ります。

「宣戦布告などいらないわ！　なんたって悪のジオウ帝国のデビューだもの！　演習に出張っ

ているアザミ軍を一方的に蹂躙《じゅうりん》してしまえば向こうも和平交渉なんて考えはぶっ飛ぶ！　そして慌てふためいている間に聖剣を奪って魔王を解放、そんな事態になったら世界中の国というう国はジオウ相手に戦争しないわけにはいかなくなる……という完璧《かんぺき》な作戦よ！」

「魔王に蹂躙される人間にボクがこの時代の科学力を遥かに超えた兵器を提供、魔王がいなくなっても今度は魔王を殺せるほどの武器を保有する国に対抗するため各国は兵器開発せざるを得なくなる。科学に魔法やルーン文字……そうすればものの数百年で二千年代の人類なんて簡単に追い越せるだろうね。それに……」

「さらに数百年たてば……あの装置も簡単に制御できるかも知れないってことね」

ユーグは子供のようにニカッと笑いました……が、すぐさまシリアスな表情に戻りどこか思い詰めた表情を顔に浮かべるのでした。

見透かしたかのようにイブは彼女の懸念材料を言い当てました。

「だとしたらやはりロイド君が邪魔って顔ね」

イブの即答にユーグは神妙に頷きます。

「最悪のシナリオは彼に邪魔されアザミ軍に損害を与えられないことです。ただの小競り合い程度で終わってしまったら戦争の口火は切れません」

「相手に深い傷と悲しみを与えてこそ初めて戦争と言えるもんね。人が死んで復讐心が燃え、戦火は広がる……も〜えろよもえろ〜よ〜って、炎は傍《かたわ》らで見る分には美しいものよ」

エアアコースティクギターでキャンプファイヤーを彷彿《ほうふつ》とさせる歌を歌い出すイブ。

そんな彼女にツッコむことなくユーグは吐露します。

「アルカがボクの考えに理解してくれていたら……こんなことにはならなかったのに……」

「そう！　それよ！」

その言葉待っていましたと言わんばかりに、イブは彼女に肉薄しました。ウサギの着ぐるみの奥で中の人が興奮してハァハァ言っているのがわかるくらいです。

「ちょ、イブさんどうしたんですか！　その着ぐるみファンシーがすぎて近いと怖いんですけど」

「おっと、しっけーしっけー……ここまで上手《うま》く誘導できるのおもしろすぎるわ」

離れながら小さく何かつぶやくイブに首を傾げるユーグはもう一つの提案をしました。

「結局アルカちゃんが味方の方がいいわね、貴女もその方が張り合いがあるでしょ」

「そりゃ前からアイツの理解が有ればこんなことにはならなかったですよ……」

おそらく百年以上の思いを込めて嘆息するユーグ。

「そんな貴女のお悩みにお応《こた》えします」な通販番組司会者の如くイブは唐突に切り出しました。

「じゃあ見方を変えましょうユーグちゃん」

「見方……ですか？」

「そう、この仕掛けは戦争の口火を切るためでなく『ロイド君を殺すための戦い』にすればいいのよ」

「ろ、ロイド君を殺す⁉」

　オフコースと唸るイブ。

「ロイド君を殺せば、アルカは彼を生き返らせるために様々な手段を用いるでしょうね。あの子がルーン文字人間としてソウを創ったのも、研究所に所属していたのも元はといえば……」

「アルカが九歳の時に死んだ弟を生き返らせるためでしたね」

　今度は「ザッツオール」とビブラートを効かせるイブ。着ぐるみの中でぐもってよくわかりませんがいい声で言っているつもりなんでしょう。

「今現在九歳の姿になるほどその思いは筋金入りで、弟とそっくりさんのロイド君を溺愛《できあい》している変態ぶり……いえ、心のより所としているわ。そのロイド君が死んだらどうなるかしらね」

「悪魔とでも……ボクとだって手を組むってことですか……確かにそうかもしれませんが、そんなことしたらアイツ怒るだろうしそういう風にアイツに勝ちたいワケじゃ……ロイド君だって腹立たしいけど悪い子じゃ……」

　煮え切らないのかブツブツ言い始めるユーグにイブは落としどころを提案します。

「あくまでプランB。アザミ軍に多大な損害を与えられたらオッケー、ロイド君が出張ってどうしようもない時はそっち方向に切り替えればいい程度にとらえてね。そうね……」

イブは先ほどまでユーグがにらめっこしていた資料を手に取りオーバーな動きで誇張してみせます。

「この新兵器の試運転のつもりで使っちゃえばいいのよ、アルカちゃんやアルカちゃん並みの魔王と敵対した時用の兵器なんでしょ、この『神殺しの矢』ってやつ。ちょうどいいじゃない」

「試運転であの子を殺す……」

「逆にロイド君ぐらい殺せなかったら問題よ、破壊のルーン……人によって『破壊』の意味合いは変わってしまう、人体だったり精神だったり家庭だったり……そんな曖昧《あいまい》なルーン文字を引き金一つで相手に照射、発動することができる新未来の究極兵器！　うまくいけば聖剣無しでもラストダンジョン……『最果ての牢獄』を解放できるかも知れない。もうやるっきゃないじゃないの！」

焚きつけるイブ。

ユーグは言葉に困った後、独り言のように答えました。それはまるで自分に言い聞かせ、奮い立たせるような声音です。

「確かにそうだ……いまさら……もうボクは何人も殺してしまったんだ……そう、この世界を、地球を、大陸の形が変わり文明すら一変させてしまったのに……いまさら少年一人……誤差の範囲さ……」

亡くなった人々や文明を「意味のある死」にするために、あの時代以上の科学力の発展に固

執するユーグは何かを凝視するようキツい相貌《そうぼう》を宙に向け続けています。

「うんうん、その意気よ！」

「世界を発展させラストダンジョンの奥に眠る装置を制御する、それができてボクは初めて尊い犠牲に報いることができるんだ！」

悲壮感漂うユーグの覚悟。対照的にイブは楽しんでいる節さえありました。表情こそ見えませんがおもちゃを目の前にした子供のような顔なんでしょう。

「ありがとうイブさん、ソウやショウマがいなくったってボクのやるべきこと、目指すことが見つかったよ！」

そう言ったユーグは「神殺しの矢」と呼ばれた兵器の図面に視線を戻しました。早急に完成させるため、頭の中で最終調整を行っているようですね。

ブツブツと言い始めるユーグにイブは何も行わず部屋から出ていったのでした。


そして帰りの廊下、イブは手に握った白い体毛を見やり意味深に独《ひと》り言《ご》ちます。

「やらかすまえに切り捨てる……か。まさか自分が切り捨てられる側だと微塵《みじん》も考えていないのがあの子の限界よね」

顔も知らぬアザミのスパイとユーグを重ねているのでしょうか。イブは手にした体毛をゴミのように捨てました。

ユーグがいる部屋を一瞥《いちべつ》し、軽い足取りでキュムキュムと廊下を歩くイブは思い出したかのように急に笑います。

「ウフフフ！　これでアルカちゃんやコンロン村の住人、そしてコーディリア所長に対抗する為の兵器は開発させられたわ！　あとは戦争を起こすもよし！　ロイド君を殺してくれるもよし！　聖剣を奪うもよし！　中途半端《はんぱ》に戦争ふっかけたらアザミの同盟国であるプロフェンが聖剣を保護の名目で手に入れればよし！　よーしよしよし！」

一人でワシャワシャと自分の着ぐるみの頭部をなで回すイブ。明らかな不審者にホラー味を感じますね。

その奇行がピタリと止まると、また肩揺らして笑い出すのでした。

「可哀想《かわいそう》に、一人も殺していないのに尊い犠牲に報いるだなんて……まぁ思い詰めて貰《もら》った方が御しやすいからいっか」

衛兵がいないのを見計らい窓から外に出ようとするイブ、頭が引っかかるのを気にしながら彼女は外の庭へと降り立ちました。

「ほい、離脱。さてさて、ユーグちゃんもいい具合に仕上がっているし……コーディリア所長が動き出す前に全てにケリを付けなきゃね」

なにやら悪党めいた雰囲気を醸し出すウサギの着ぐるみ。表情の読めなさ加減がさらに恐怖を煽ります。

そんな彼女ですが急に胸を押さえ出しました。

「…………………………ッ⁉」

うずくまり震える体、そして絞り出すような声で自分に語りかけました。

「だめよ、もうしばらく寝ていなさい……貴女は一人殺しているんだから」

しばらく息を整えた後、イブはふらりと立ち上がり誰もいない山道をキュムキュムと歩き出すのでした。


ユーグとイブの会話から数日後……

件《くだん》の新兵器「神殺しの矢」がジオウの前線基地に届けられました。

木の箱に梱包《こんぽう》され厳重に運ばれてきたそれは、まるで爆発物のような物々しい雰囲気を醸し出しています。

砲身にトリガーが直に付いており、両サイドに持ち手がいくつか。四、五人で担いで運用する珍しいシルエットが目を引きます。

しかし、それ以上に気になるのは目にしたこともないメタリックな近未来的カラーリングでしょう。一目見てこの時代の物とは思えない異様さを醸し出しており、幾何学的な文様を施した装飾も相まって触れてはいけない何かと想起させます。「人ならざる魔王を倒す兵器」「恐れ敬う神に背く武器」と思わせるためのフォルムなんでしょうね。

「やっと中央から物資が届いた」と喜んでたら得体の知れない代物……ジオウ前線基地に配属されている口ヒゲの上官は自慢のヒゲを所在なさげに撫でながら輸送班の軍人に尋ねました。

「なんですこれ？」

「わからん」

素っ気ない返答に上官はカクンと肩を落とします。クリスマス、期待はずれのプレゼントを渡されサンタクロースに呆れる子供のような落胆ぶりです。

「わからんって……こんなのどうしろと……補給物資じゃないんですか？」

「一介の輸送班に聞くな。さっき渡した資料に目を通してくれ」

「目を通さずとも何かやばそうな……人の手に余るような兵器っぽいんですけど」

「噂じゃ対アザミ軍の切り札だそうだ……連中、軍事演習するそうじゃないか、その最中にコレで牽制しろって考えじゃないのか？　まぁ竹槍《たけやり》持って突っ込めよりかはマシだろうよ」

「こんな得体の知れない物を使う側からしたら竹槍の方がマシですって。それよか食料や修理道具の一つくらい送って欲しいものです」

やはり釈然としない上官に運搬してきた軍人は帽子を目深に被《かぶ》って同情してみせます。

「心中察する、輸送班も似たような状況だ」

「一部の連中は肉や酒をたらふく食ったその口で『王の弔《とむら》い』だの『聖戦』だの言っているん

でしょう？　中央の神経が分かりませんね」

「その言葉は聞かなかったことにするよ」

軽く敬礼した後、運搬してきた軍人たちは馬車に揺られ帰っていったのでした。

運搬の軍人が帰るや否《いな》や、詰所から覗《のぞ》いていた前線の軍人たちがゾロゾロと「神殺しの矢」の元へと寄ってきました。「オラが村にコンビニっつーモンできたべ」みたいに興味津々《しんしん》な模様です。

「なんすかコレ」

木枠の箱の中身をそう問われ、上官は思い出したように資料をパラパラ流し読みします。

「詳しいことはよくわからんがスゴイ兵器みたいだぞ」

「マジすか……はぁ……」

説明が少ない分、逆に恐怖を掻き立てるようで軍人たちは「神殺しの矢」からほんのり距離を取り出します。

「不気味だよなぁ……ここ最近まともとは思えんからな中央軍部……いやジオウ帝国は」

口ヒゲを撫でながら上官は愚痴を漏らすと部下たちに指示を出し始めます。

「でもなんか飾りみたいですし、張りぼてじゃないですか？」

「意匠も凝ってるしその可能性もあるが、得体の知れん物は指示が有るまで触れないに限る……なにより怖いしな」

古代ルーン文字「破壊のルーン」を射出できる兵器からよからぬ気配を感じ取った上官は木箱に蓋《ふた》をすると、厳重に保管するよう部下に運ばせるのでした。

残った部下が期待の眼差しで上官に尋ねます。

「それより物資はどうしました？　もう農家より農業上手くなっちゃいましたよ」

どこぞのフンドシ男が「農業を舐《な》めてもらっては困る」と言い出しそうな発言ですが無理もありません、長い間自給自足、農具も基地の補修も自分たちでＤＩＹしているのですから。

上官はまるで自分が悪いかのように申し訳なさそうに部下たちに事実を伝えます。

「すまん、無いそうだ」

「はぁ⁉　無し⁉」

一瞬、ジオウ前線基地の軍人たちを静寂が包みます。驚きと落胆、呆れ、そして失望に言葉を失ったのでしょう。

しばし呆然《ぼうぜん》とした後、部下の誰かが思わず口にしました。

「戦争前にこれってあれだよな……口減らしってやつじゃないか……」

口減らし……食料に窮した国が前線に国民を送り盾《たて》にすること。今までの経緯と物資が全くこないことを考慮したら捨て駒にされたと思ってしまっても仕方がないことですね。

その言葉に反応した別の一人が誰に言う出もなくつぶやきだします。

「食料も物資もなくて渡されたのが得体の知れない兵器一つ？」

「ふざけるなよ……」

あの兵器に対してだけではないでしょう……今の帝国のあり方、末端に対する扱い、端から見ても迷走している中央軍部への憤りなど、様々な思いのこもった「ふざけるなよ」は他の軍人たちにも伝播《でんぱ》します。

「死ねってか！　戦争の壁になれってか！　冗談じゃねえ！」

「物資じゃなくてあんなわけわからない兵器でどうすりゃ生きていけるんだよ！」

「もうやめだ！　ジオウの軍人なんてやってられるか！」

アザミに降伏だなど飛び交う様子を見た上官はほとほと困った顔をしておりました。

「大声出したいのは俺も同じだ……とりあえず全員落ち着け、一旦《いったん》話し合うぞ」

彼はなだめながら他の軍人を引き連れ建物の内部へと誘導しました。

そして詰め所の食堂でジオウ前線基地の軍人たちがそろうと上官は直訴を提案。部下たちは先ほどの憤りさめやらぬ様子で声を荒らげています。

「上官！　マジで俺たちどうすりゃいいんですか！　死ねって言われているようなものじゃないですか！」

真剣、かつ本気の口調で口ヒゲを撫でながら提案する上官。

「まぁ落ち着け。一応この前、物資は送られてきたじゃないか」

おそらくロイドのことを指しているのでしょう。そのことに対し部下たちは反論します。

「上官だってわかるでしょう、あれはロイド君が自主的にやったことだって」

「あの子前線の扱われ方とか全然知らない感じでしたし、差し入れ感覚でしたよ」

「見かねて何度も来てくれて……マジ天使っすわあの少年！」

不満の中に時折「ロイドマジ天使」が織り込まれる前線基地の軍人たちに上官は落ち着くよう再度促します。

「だったら、彼のような子供に胸張って生きていけるよう、無茶な行動をとるのはよせ」

そう言われた部下たちは押し黙るしかありませんでした。

そして、落ち着いたのを見計らい上官はゆっくりと提言します。

「だが……このまま黙っているわけにはいかない」

「どういうことです？」

意を決したように上官は目を見開きました。

「俺はこの窮状を中央に直訴する」

「「「じ、直訴⁉」」」

おや、なだめられる側だった部下たちが、今度はなだめる側に回りましたね。まぁ直訴って直接王様に不満をぶちまけるようなものですから……世が世なら物理的に首が飛ぶ行為と思ってください。

狼狽《うろた》える部下たちの前で、上官は演説するよう決意を表明します。

「小国を吸収し、その後放置するやり方にはほとほと愛想《あいそ》が尽きた……釣った魚に餌を与えずどうなろうと知ったこっちゃないなら……いや、少しでも中央に人間の心が、人間として俺たちを扱うつもりがあるのかどうか、それだけでも知る権利は俺たちにあるだろう」

「でも、そんなことしたら上官の身に何が起こるかわかりませんよ」

「勝算はなくはない、一部の人間が懐を潤すため補給物資をちょろまかしている可能性も高いからな。この前の密輸の件も含めてだ」

切実に窮状を訴えようとする上官の言葉には重みがありました。もしかしたら中央軍部は何かの不手際でこの惨状を知らず、わかってもらえたら何かしら対応してくれるのかもという淡い期待も込められている模様です。

「だとしたらなおさら、やばい連中に封殺されてしまう可能性の方が……」

「しかし少しでも状況が良くなるならやる価値はある、他に意見がないなら俺はすぐにでも中央に向かう」

上官はかき集めた今までの非道な扱いを受けた資料をこの場にいる軍人に見せました。

「一応手元にある資料、いや証拠品はこのぐらいだな……食料品や補給のお粗末さに盗難に見せかけた密輸が起きた日や状況などだ。これがジオウ帝国中央の本意でないことを祈りたい」

いてもたってもいられないのか軍人の何名かが「俺もお供します」と挙手しました。

「上官、俺も連れていってください！　さすがにハラに据えかねましたよ！」

頼もしい声を上げる部下たちに上官の声が震え瞳《ひとみ》が潤みます。

「お、おまえたち……」

その時です、場にそぐわぬ明るい声が食堂にこだましました。

「おつかれさまでーす！」

快活なロイドの声が食堂内に響き、今まで眉間にしわを寄せていた軍人たちですが彼の登場に一瞬にして孫を迎えるおじいちゃんの如く目尻を下げて歓迎ムードに移行します。

真剣な話をしていたと知らないロイドはウキウキで今日の献立を説明し始めます。

「今日はですね、思いのままにチーズとベーコン、マスタードをバンズに挟んで軽く焼いて、それにハチミツをかけてみようかと思います。口の中で幸せが広がるんですよ——ってアレ？そういえばみなさんお集まりで、どうかしました？」

妙な集まり方といつもだったら「よっしゃ食べよう」とノリノリのはずの前線基地の面々がどことなく神妙な顔をしているのでロイドは不思議に思います……彼らは気持ちがいっぱいで胃が動かないんでしょうね。

「すまないロイド君、出来たてが美味《おい》しいのは重々承知の上だが……申し訳ないが作り置きにしてもらえないだろうか、ちょっとみんな食欲がないと思うのでな」

「ど、どうしたんですか？　まさか集団食中毒とか？」

「あ、いや、そうじゃないんだ……うん、隠す必要はない……いや、君みたいな若者にこそ知ってもらいたい」

ロイドが「ジオウ帝国の正規軍人」になりたがっていると勘違いしている上官は自分が目指しているのがどんなところか知ってもらう必要があると思ったみたいですね。

長い話になると彼はロイドをイスに座らせるとこれから中央に直訴する話、酷い扱いや何やらを時に愚痴交じりに、時に自分のふがいなさに嘆息しながら語り出します。

ロイドのことを思ってのことでしたが、いつの間にか辛《つら》い現実を吐露する話はなり止まらなくなってしまいました。密輸を見逃す指示があった話、食料の粗悪さに渡されたのは得体の知れない兵器といった話を資料を交えて語り、部下たちも触発されて「今思い出しても酷いな」と合いの手を打ちながら苛《いら》立《だ》ち混じりで資料を指さします。

さて、そんな彼らの憤りにあてられた正義感あふれるロイドはみるみるうちに顔色を変え始めます。最初は聞き役に徹していた彼ですが最後の方になると周囲の軍人同様「何ですかそれ！」と同調し怒りを露わにするようになりました。

最後まで話を聞き終えたロイドはいても立ってもいられなくなったのか勢いよく席を立ちます。

「酷い！　酷すぎます！　上の人間は何をやっているんですか！」

「俺たちもな、中央軍部がこんなことを望んでやっているとは思いたくもないよ……だから直訴して直接聞いてくるつもりだ……もしかしたら陰で甘い汁を吸っている奴がいて、そいつに止められるかも知れない、王様まで届かないかも知れないが精一杯やってみるつもりだ」

そこでロイドが胸をたたき、「僕にお任せください」と提案します。

「分かりました！　僕が何とかしてみせます！」

「え？　ロイド君が？」

ロイドは力強く頷きます。

「僕、偉い人と何度かお会いしたことがあります、決してお話の通じない人ではありません。信頼ある人に直接取り次いでいただければ邪魔されることもないかと思いますし」

「そ、そうなのかい⁉　いや、ロイド君だしありえそうだ」

ロイドの人なつこさなら可能ではないかと思うジオウ帝国の軍人たち……本来一兵卒にすらなっていない彼みたいな少年だったらありえないことなんですが……ここの人たちもロイドの評価が上限突破しておかしくなっていますね。

片やアザミ王国のことを片やジオウ帝国というすれ違いが発生しているなど気付きもしないロイドは「大丈夫です」と自信満々に言葉を返しました。

「こんなことを許すような人間では決してありません。おそらく悪いことをしている人は別にいるでしょう。そのことに気付けないのはあっちに非があります……だから僕が直接出向いてこの資料を叩きつけてきます！　下の人間をしっかり見てくださいって！」

「し、しかしそんなことをしたらロイド君……君は軍人になるのが夢なんじゃないのか？」

一瞬考え込んだ後、ロイドは自分の考えが変わらないと真剣な眼差しを上官に、周りの軍人に向けます。

「はい、怒られるかも知れません、最悪……正規の軍人になれないかもしれません……でも僕のなりたい軍人はこんな行為を許さない人なんです」

「ろ、ロイド君……」

感激するジオウの軍人たち、涙ぐんでいる者もいますね。

「頑張っている人が報われないなんて、そんなの僕は許せません！　僕はどうなってもいいです、直訴して必ず待遇を改善してもらいます！」

そしてロイドは鼻息荒く「これを叩きつけてきます」と資料を受け取るとジオウの前線基地を後にしたのでした。

とまぁ全くの無関係、いえ、それどころか敵国の窮状を訴えられることになる可哀想なアザミの王様に憤りを抱えながら、ジオウ帝国の機密書類を手にロイドは谷を越え山を越え国境を越えひた走るのでした。

ロイドには失望され娘には女にたらし込まれたと勘違いされ……アザミの王様も一生懸命頑張っているのになかなか報われませんね。

第三章

たとえばリアクションの向こう側があるとするならば、こんな反応でしょう

ロイドが「誠に遺憾である」とお気持ち表明をして野を駆けてアザミ王国に戻っている頃《ころ》。

他《ほか》にも「誠に遺憾である」と悶々としていた人たちがいました。

「なんなのあの女ぁ……」

缶詰と怠惰でおなじみのマリーさんと、

「何者なんでしょうなぁ……」

四角さでイジられることでおなじみのクロムさんです。二人は煮詰まってしまった会議中の人間ように腕を組んでうんうん唸《うな》っていました。「売り上げを上げろ」という超ザックリな議題でもお目にかかれないくらいの煮詰まりっぷりですね。

まぁ真剣に悩むのも無理ないでしょう、後妻狙《ねら》いと思わしき女が国の運営に急に関わりだしているのですから。

「尻尾《しっぽ》を摑《つか》ませないってどういうことよクロム、まさかあなたもあの女の口車に騙《だま》されているんじゃないでしょうね」

「滅相もありません、喋《しゃべ》ったこともほとんどありませんし」

顔を角張らせるクロムにマリーは「だよね」と嘆息《たんそく》し、また悶々としはじめます。

「尻尾を摑ませないというか王様やフマル氏、カツ代行の鉄壁とも呼べるガードのせいで私なんか手を出せませんよ……怖いし」

確かにあのVシネマ的強面《こわもて》のフマル&カツ、そして国の絶対権力者である王様にすごまれたらいくらクロムでも深入りするのは難しいでしょうね。

難航する二人の話し合いは進展せずただただ時間だけが過ぎていきました。

「どうする？　ぶん殴る？」

マリーのマリーらしい身も蓋《ふた》もないアイディアをクロムはさすがに断ります。

「洗脳の確証がないのに、それはちょっと……」

「ちがうわよ、ムカつくからよ」

「いやいや、もっとダメでしょう……」

「何言ってんのよ！　これは精神衛生上の問題！　こんだけ人が心配してんのに腹が立たないの⁉　色々あるでしょあなたも！」

マリーに焚《た》きつけられたクロムは「うぬぅ」と悶えてしまいます。

「うぬぬ、それも、ありなのか……健やかな日々を送るために軽い運動という意味で……洗脳されていると思って、王のためにやったと言えば……王女様の誘導もあったと言って」

おっと、クロムさんも結構きているみたいですね、神経。

さぁ、どんどんどんどん物騒かつ物理的な方向に話が進んでしまっているちょうどその時、ロイドが息せききって帰ってきました。

「すいません、ただいま戻りました！」

「あぁロイド君お帰りなさい」

「お邪魔しているよロイド君」

いつもだったら二人がいることに「どうしたんですか」とか「お茶出しますね」とか一言必ず声をかけるであろうロイドですが、余裕がないのか荷物だけおいて入ってきた勢いでそのまま雑貨屋を出ていこうとしました。

「ちょちょちょ、どうしたのロイド君⁉　そんな慌《あわ》てて⁉」

ただならぬ気配に咄嗟《とっさ》に呼び止めるマリー。

ロイドは自分が冷静でないことに気が付いて少し息を整えました。

「す、すいません、慌てていました……」

「どうしたの？　まぁゆっくりお茶でも飲んでさ……ほらクロム」

「あ、ハイ」

マリーは何があったのかロイドにお茶を勧めながら尋ねました。でも淹《い》れるのはクロムなんですね。

「あ、いやいや、僕が淹れますから大丈夫ですよクロムさん」

結局ロイドが自分で人数分お茶を淹れて気持ちを落ち着かせました。飲んでじゃなくて淹れてなのが彼らしいというか、ルーティーンなんでしょうね。

そして落ち着いたところで事の成り行きを説明し始めました。

「実は今日前線基地に行ってたんです」

ジオウ帝国のですけどね。

「あぁ、そういえば補給任務だったわね……にしてはやけに熱心に通っていたけど……まさかロイド君も女とか⁉」

さすがにそれは無いだろうとクロムがマリーをなだめます。

「マリア……っと、マリーさん妄想甚《はなは》だしいですよ……でも一体どうしたんだい？　ただ事じゃなさそうだけど」

ロイドは神妙に頷《うなず》いた後前線基地の酷《ひど》い状況について語り始めます。

彼が語るのはもちろん「ジオウの前線基地」のことなのでクロムにとっては初耳情報ばかりで唖然《あぜん》としてしてしまうのでした。

「な、なんだって⁉」

耳を疑う情報の数々にクロムの顔色が変わっていきます。

マリーもまるで自国のこととは思えない話に――　まぁジオウ帝国の話なんでそれもそうでしょうけど――　顔をしかめました。

「ねぇクロム、もしかしてこれって……」

「知らず知らずのうちに軍の人間が洗脳されているのかも知れませんね、まるで別の国の話……そうとしか思えません」

まぁ自分お与《あずか》り知らぬ所が劣悪な環境になっていて、そしてあからさまに怪しい権力を得たようなフードをかぶった女の登場……小説でよく見るなかなかベタな流れが出来上がってしまいましたね、昔のゲームだったら完全に魔王の手先でしょう。

「軍事演習の発案者とか聞いていたけど……もう戦争をするつもりで前線に指示を出しているなんて……アバドンの時と似ているわね、国を乗っ取って戦争を仕掛ける……」

もう「あの女は悪だ」と確信したマリーとクロムは目を合わせて頷きあいます。

その間もロイドは切々と語ります。

「僕、これからこの窮状について王様に直訴しようかと思います……一士官候補生が出過ぎた真似《まね》かも知れませんが、でも……放っておくわけにはいかないです！」

相貌《そうぼう》を鋭くし、ロイドは熱弁します。

「たとえ軍を除隊させられることになっても見過ごすわけにはいきません、あんな惨状、このアザミ王国の生活から考えたら想像もつきません」

まぁジオウ帝国の前線基地ですからね。

悲壮の覚悟のロイドをマリーとクロムは慌てて止めに入ります。

「ちょちょちょロイド君！」

「なにも君がそこまで背負うことじゃないぞ」

「ですが……」

マリーとクロムは同時に立ち上がります。

「私たちも行くわロイド君」

「ええ、事態は一刻を争うようですからね」

思わぬ助っ人にロイドは立ち上がりお礼を言いました。

「あ、ありがとうございます……直訴して処罰を受けるのは僕だけで良いと思っていましたが……でも、クロムさんとこの国を陰で支えている救世主のマリーさんがいると心強いです！」

王女のことはかたくなに信じなくてもそっちの方は未《いま》だに信じ続けるロイドにマリーは苦笑するしかありません。

「きゅ、救世主はまだ信じているのね」

「心中お察しします、頑張りましょう」

頑張っているわよとクロムにジト目を向けるマリーは気持ちを切り替え腕をまくります。

「さぁ！　お城に殴り込みに行くわよ！」

「え？　殴り込みですか⁉　そこまでは考えていませんが……」

先陣切って揚々《ようよう》と歩き出すマリーにロイドはちょっと困惑しながら後をついて行くのでした。

さて、その洗脳されているとガッツリ勘違いされている王様たちとリンコはお城の一室にてサタンからの報告を聞いていました。

姿勢を正し調査報告をするサタン。ただちょっとアレですね、ミスをした新入社員な感じで申し訳なさそうにしています……頭に乗っているスルトに至っては甲羅《こうら》の中に引っ込んで微動だにしておりません。

リンコが女上司のようにその報告をつまらなそうに聞いていました。

「つまりお二人さん、何の成果も得られませんでしたーということでよろしいか？」

スルトは甲羅の中から言い訳じみた反論をします。

「いや、ちゃーんとアイツらが怪しいって裏付けは取れたんだぜ！」

頭の上であーだこうだいう彼をサタンが叱責します。

「だったらなぜ甲羅から出てこないスルト！　せめて顔出せ！」

「シャラーップ！　お前はロールさんと仲良く資料確認してたじゃねーか……割に合わねえ！　俺《おれ》の分も叱られろ！」

嘆息が止まらないリンコは「ハァァ」とこれ見よがしに呆《あき》れてみせます。

「優秀な部下だって聞いてたんだが？」

「実力のあるポンコツってのが一番やっかいなんですよ……」

フマルもカツも同様に呆れていました、特にカツは冒険者ギルド長を代行しているのでこんなタイプの「おしい」人材は何人もお目にかかっては苦労していたのでしょう。

リンコが「んもう」と叱責します。

「あのねー、サタンの能力である陰に潜んで盗み聞きとかできるでしょ！　なーんでわざわざ経費でコートや読まない新聞買ってまで探偵ごっこをしたのかね⁉」

「所長……」

「それは……」

「「やりたかったんです」」

そう言いきるサタンとスルトの目はとても澄んでいました。正直にゲロった二人は清々しい表情で頷きあっています、なんだかんだで同類ですね。

さて魔王になっても童心を忘れないそんな元部下に対してリンコはというと……

「私も同じ立場だったらやるけどさ！」

あなたはそこ正直に言っちゃだめでしょう。

サタンとスルトに次いで清々しいリンコに王様が呆れるかと思いきや。

「そこがリーンの良いところじゃな」

彼女に対して甘々な王様はこんな時でもブレずにデレます。そんな王様を旧友のフマルやまじめなカツが諫《いさ》めるのかと思いきや……

「まぁ確かにまぁそうだけどよぉ」

「さすがリンコさん、大物としか言いようがない」

あっさり同意しちゃいました。なんだかんだで全肯定する古参のファンの厄介《やっかい》さがこういうところに凝縮されていますね。ある意味洗脳と同じ状況じゃないでしょうか。

「ま、気は抜かず次頑張るんじゃぞ」

「リンコが優秀って言ったんだ、その気持ちを蔑《ないがし》ろにすんじゃねーぞ」

「期待していますよ魔王のお二人さん。彼女を失望させないように」

励ましと叱責の混ざった言葉を投げかける王様たちに「俺らはしっかり責められるんだ」と若干《じやつかん》納得のいかない表情のサタンとスルトでした。

「あ、はい……しかし下手な尾行でしたが、なかなかガードが堅いですねカジアス中将と武器商会ギルド長ヒドラは」

リンコは腕を組み「そうなんだよ」と疲れた顔をしました。

「逆にバレバレの尾行をしたら、何らかのアクションを起こすはずと睨《にら》んでいたのに……ここまで尻尾を出さないのは想定外だったね」

あぁ尾行が下手なのも織り込み済みだったんですね。さすがアルカやユーグの上司といったところでしょうか。

「証拠は全て処分して、連絡手段は特殊な何かがあると考えるべきじゃろうな」

「何かってなんだ？　ま、手旗信号みてーにわかりやすいもんじゃないんだろうな」

フマルは顎《あご》ヒゲを撫《な》でながら困り果てました。

「連絡手段以外の証拠品があればいいんですがね……敵国と繋《つな》がっている証拠、わかりやすい密輸の伝票みたいな物があれば」

「カッチン、たぶんそれをしっかり処分しているから自信たっぷりなんだろうよあの内通者たちはさ。ニセの伝票とすりかえてるさ」

「表向きは盗まれたんだろ？　そんなもん残ってりゃ世話無いぜ、あるとしてもジオウ帝国側だろう。向こうに奪われた状況がわかりゃ、ニセの伝票と照らし合わせて嘘《うそ》を暴けるんだろうがよ」

「うーむ、ジオウ帝国の資料や証拠品が間違ってこっちに送られてこないかのぉ」

王様がそんな益体《やくたい》無いことを口にしたその時でした。

「ヒャッハー！　直訴の時間だぁぁ！　全員壁に手を付けろオイぃぃ！」

完全に世紀末なマリーさんがドアを蹴破《けやぶ》り現れたのです、その場にいる全員「マジでなんだ？」と動揺を隠せません。

さて直訴というより殴り込み……例えるなら麻薬組織に乗り込んだはみ出し者の刑事を彷彿《ほうふつ》

とさせるムーブ……たぶん色々な想《おも》いとストレスが入り交じり、マリーはここに来るまでの間に感情のタガが外れてしまったみたいです。

続いて現れるは理性の残っているクロムとロイドです。お城へ向かっている間にどんどんヒートアップしていく彼女を目の当《まあ》たりにして逆に冷静になっていき「自分たちの思ってた直訴と違う！」と動揺を隠せないでいました。こういう時にハメを外せず損するタイプの人っていますよね。

さて、こういう時にしっかりハメを外せて大損するタイプのマリーはブレーキを踏むことなくアクセル全開でまくしたてます。

「証拠は挙がっているんだバカどもがぁぁ！　おとなしく投降しろ！」

余談ですがこのはっちゃけ事件、後に「雑貨屋王城襲撃の乱」と語られることになるのはまた別の話。

さすがにこの蛮行にロイドが待ったをかけました。

「ちょ、マリーさん……なんかやりすぎという域を超えてますよ」

ロイドに止められ、マリーは「てへぺろ」とお茶目に笑ってみせました。

「いやーストレスたまっていたのよ。あとこういう警邏《けいら》の軍人みたいに現場に乗り込むみたいなこと一度やってみたかったのよね、あとコート着込んで尾行とか……分かるわよね？」

「子供じゃないんですから！　大人になりましょうよもう……」

マリーのこの台詞《せりふ》を聞いて事情を知っている人間は同じことを思いました。「あ、やっぱり親子だ」と。

一方でロイドが「マリーさん、子供じゃないんですから」と窘《たしな》める姿を目の当たりにして、間接的に説教されるサタンとスルト。百年以上生きている魔王の連中は急に恥ずかしくなり、うつむき加減になってしまうのでした。童心にかえるのは悪いことではありませんが、みなさんはＴＰＯを守りましょうね。

さて、なんでマリーが残念なことになっているのか、なぜロイドとクロムが現れたのか流れの見えない一同を代表して王様がクロムに尋ねました。

「クロムよ、コレは一体どういう状況じゃ？　割とマジで」

王様が尋ねている間にマリーに身バレしたくないリンコをフマルたちが部屋の隅に誘導し、フードを被《かぶ》せたりしてあげています。すばらしいチームワークによる時間稼ぎですね。

その様子を疑いの眼差《まなざ》しで眺めながら、クロムは単刀直入に王様を問いただしました。

「王よ、私に隠していることはありませんか？」

ハッキリ聞かれて露骨に狼狽《うろた》える王様、すかさずフマルは助け船を出します。

「オイオイ近衛兵《このえへい》、ルークを疑ってんのか？　アザミの王様だぞ？」

「はい、王様だから疑っておりますが」

「お、おぉ、そうか」

即答。日々の積み重ねもあり短い言葉に説得力がありまくり、さすがのフマルも反論できませんでした。

「普段の言動もアレですが昨今の我が王は特におかしく、魔王の類《たぐい》に洗脳されているのではと疑ってしまうほどです。普段もちょくちょく『魔王にとりつかれているんじゃね』『そうであった方が逆に救いがある』『特別手当もらわないと割に合わない命令だぞコレ』『とりあえず娘離れしてください』と思わざるを得ない状況が多々ありますが今回は群を抜いて怪しいと……」

ここぞとばかりに言いたいことを全部乗せてきましたねクロムさん。

「アザミ王、普段どれだけアレなんですか……」

カツもメガネを直し口元をヒクつかせながら呆れています。

「う、うむ……確かにクロムには普段からイベントがある度に迷惑をかけているなぁと思ってはいたが」

「自覚はあるんですね」

さすがのカツもノーフォローでフィニッシュでした。

その流れでマリーが割って入って文句を言い出します。

「そうよ！　だから私たちは普段異常にアホでマヌケで怪しく、しかも行方《ゆくえ》不明の奥さんを裏切り浮気《うわき》までしでかした不誠実な王様に制裁を加えにきたのよ！」

「アホでマヌケは全面同意だけどよマリア……っとマリーちゃん――って浮気だぁ⁉　おい

ルーク！　てめぇどういう了見だ⁉」

庇《かば》おうとしたフマルですが「浮気」の一言で導火線に火がついてしまったみたいですね。わかりやすいくらいリンコ大好き壮年男子です。

身に覚えのない王様は彼に対し必死になって首を横に振るしかありません。

「いやいや？　え？　浮気？」

マリーに聞き返す王様。彼女は鼻息荒く「ザッツオール！」と指さします。

「そうよ！　浮気して！　洗脳されて！　いいように扱われているのよ！　……そこのフードを被ったいかにも怪しい女にね！」

ビシィッとリンコを指さすマリー。自分の母親と知らず父親の浮気相手宣言に彼女は困ったようにフードの上から頭を掻《か》きました。

さて、事情を知っている面々はというと……

「「「あ、なーんだ」」」

一気に冷静になりました。まぁそうですよね母親と知らなきゃ勘違いするのも無理ありませんし、事情を知らなきゃ「どこの馬の骨とも分からない女の言うことを聞く王様」の構図ですもの。

マリーはその様子が面白《おもしろ》くないのかさらにヒートアップします。

「何よ！　開き直り⁉」

あまりにピエロなマリーさんを気の毒に思ったのかカツがリンコに耳打ちしました。

「ギルド長、もうそろそろ正直におっしゃった方がいいのでは？　私が母親だと」

カツの言葉にリンコは「ムリムリ」とマジトーンで返します。

「心の準備ができていないんだよ……どの面下《つら》げてお母さんだと言えばいいの⁉」

不老不死であるがゆえ、娘の方が先に死んでしまうという事実に直面し現実逃避のため逃げ出した経緯《いきさつ》のあるリンコ。そのことをついこの前打ち明けられたサタンとスルトは何ともいえない表情です。

「まったく、根は真面目《まじめ》なんだよな」

「しゃあねぇよ、ファミリー関わると性格が出るタイプなんだろ。独り身所長だった頃はチャランポランだったのによぉ」

昔はやんちゃでも家族ができたら真面目になるタイプのようですね。

そんな会話を小声でする二人にロイドが気付きました。

「あれ？　サタンさんにスルトさん……どうしてここに？」

「やぁロイド氏、奇遇だねこんなところで」

「マリーさんの付き添いか？　ご苦労さんだぜ」

ねぎらうスルトでしたが……彼の言葉にロイドは険しい表情になりました。

「いえ、違います。僕も王様に言いたいことがあって来ました」

「えぇ!? ロイド君も何かな!?」

また何だろうとこわばる王様、身に覚えが全くなくても身構えてしまうのは人間の本質ですね、悪いことをしていなくても警察の前だとちょっとドキドキしてしまう心理と一緒でしょう。

「お、ロイド君も言いたいことがあるのか、いいぜこの際言っちまえ」

「まったく……ロイドの兄貴に何をしたんですか王様は」

「えぇ!? ワシの味方ゼロ!?」

焚きつけるフマルと「やっちまったな」な視線を送るカツ……二人ともリンコの次にロイドが好きですからね。

狼狽える王様にロイドは前に出ます。実にシリアス、実にマジな表情でした。

「アザミ王!」

「な、なにかなロイド君!?」

真剣な表情に気圧《けお》される王様は思わず後ずさります。

そんな彼にロイドはさらに詰め寄りました。

「なにかなじゃないですよ!」

すごむロイド。普段見せない彼の表情にこの場にいるほとんどの人間が言葉を失ってしまいました。

「あー、懐《なつ》かしいなぁ。私も昔こんぐらいロイド君に怒られたことあったっけ……ホテルの時とか、うやむやになったけどさ」

　変なところで先輩ぶるマリー、「この忙しさあの時以来だぜ」とか「この人数で回すの久しぶりだな」みたいに経験者ぶりたくなるバイトリーダーのような心境なのでしょう。

　真剣そのもののロイドは資料を胸に抱えながら言葉を選び話し始めます。

「僕、今は補給任務に就かせてもらっていまして、各部署に顔を出して差し入れなどをしています」

「あ、はい」

　なぜか敬語の王様は真剣に頷きました。

「色々な場所を拝見させていただきまして大変勉強になりました。でも……」

「でも？」

「国境付近にある前線基地の人たちの生活は……僕の想像を絶するような劣悪な環境にありました。食料品は適当な缶詰類にボロボロの詰め所、近くに畑を耕して自給自足で生活している状況です」

「なんと……聞いとらんぞい」

「さらには上からの命令で密輸を見逃すような指示まで出して……一体何をしているんですか⁉　監督不行き届きにもほどがあります‼」

　まるで別の国の話をされているようで王様は目を丸くするしかありませんでした。まぁ実際別の国なんですけどね。

「え？　この前視察に行った時は全然そんな感じじゃなかったが。建物も毎年営繕《えいぜん》しているはずじゃし……畑？　そうなの？」

クロムに確認する王様。彼は神妙に頷きました。

「ロイド君が言うにはどうやらそのようです……王よ、あなたはアバドンの時のようにとりつかれ、知らず知らずのうちにそのような指示を出したりしていたのでは？」

さすがに王様もそれには反論します。

「いやいや、そんなわけなかろう！　何かの間違いじゃて！」

その反論を遮《さえぎ》るように、マリーが王様に肉薄します。

「ウソおっしゃい！　そこの女に騙されて色々やっちまったんでしょ！　ほーらあーんな怪しいフードなんか被って……完全に悪党じゃない！　ビジュアルで気付け！」

一応あなたの母親なんですけどね。

あくまで身に覚えがないと言い切る王様。

見かねたロイドはさらに前に出ると抱えていた資料をバンッとテーブルに叩《たた》きつけました。

「こ、コレは？」

「僕がもらってきた資料です！　前線基地の軍人さんがどれくらい酷い目の待遇だったのかの証拠です！」

思わぬ物理的証拠に王様は恐る恐るその資料を手に取り目を通し始めました。

「ぬ、ぬぅ………ぬぅ？」

さて、最初はビビりながら読んでいた王様ですが……だんだんと資料を読み進めるにつれて「なんか違くね？」な感覚が湧《わ》き上がってきます。

心待ちにしていたマンガの新刊を購入して読み始めたら名前が似ている別の作品だった時のような心境なのでしょう。

資料のフォーマットもはじめて見る書式に加え馴染《なじ》みのない地名の数々……細部に違和感を覚えた王様はフマルやカツ、クロムにサタンたちにも「ちょっと読んでみて」と資料を渡し回し読みを始めました。

そして読み進めていくうちに皆気が付き始めました……「これ、ジオウ帝国のじゃね？」と。

王様は資料を指さし、おずおずとロイドに尋ねます。

「ロイド君、コレは一体？」

「だから言いました！　資料です！　何度も言わせないでください！　山を越え、谷を越え、その先で待遇の悪さに負けず頑張っている人たちの――」

「「「「谷越えたんだ……」」」」

そこで全員が確信しました。ロイドはアザミ王国の前線基地とジオウ帝国の前線基地を勘違いしたんだと。

「いや……でもどうやってこれ持ってきたんだ？」

素朴な疑問を口にする王様。一方ロイドはプリプリ怒っています。

「密輪を見逃すのもダメですが僕の聞いた話じゃ少年を敵国にスパイとして潜り込ませているそうじゃないですか！　すごい危険な行為ですよ！　その少年と僕を重ねたのか軍人さんたち僕を見てすごい優しくしてくれましたし……」

「オッケー、謎《なぞ》は全て解けた」

サタンがQEDと言わんばかりの声を出し、皆察します。あぁまたロイド君勘違いされているんだ……と。

スルトはロイドの天才っぷりを目の当たりにして愕然《がくぜん》としていました。

「なんつーミラクルっつーか……確かにこんな柔和な少年が敵国から勘違いしてやってきたとは思えないだろうな」

「彼は勘違いしたりさせたりする天才だからね……だがコレはどう思うスルトよ」

サタンもロイドをそう評価したあとスルトに問いかけます。

「あぁ、俺も同じ考えだ、良い意味でミラクルさ。確固たる証拠ってやつが舞い降りてくるなんてな」

その発言の真意に気が付いたフマルは再度資料を凝視します。

「あぁ、なるほど……略奪行為を見逃す……こりゃ密輪やってんな。資料にある状況や盗まれたものと武器商会の証言や伝票を照らしあわせりゃ嘘が暴けるぜ」

「事故を装い武器や資材などをジオウ帝国に提供……そして武器商会ギルドが被害を主張して軍事本部は防衛予算を上乗せするよう要求……繋がりましたね。この様子じゃ結構な利益を上げているでしょう。保険金や脱税もそうとうな額ですね、よくまぁ頭が回ります」

冒険者ギルド長代行であるカツは一周回って感心しました。

はてさて、納得し始める王様一同にロイドやクロム、そしてマリーは首を傾《かし》げます。

「あの、急に納得されても……何がなんだか……」

「えっと、ロイド君のミラクルはおいておいて……とりあえずこの会合は何でしょう？」

「そーよ！　さっきから隠れているその女！　そいつが何者なのかハッキリさせないとここから一歩も動かないわよ！」

頑《かたく》なに譲らないマリーの姿勢に、王様は苦笑しながらリンコに耳打ちしました。

「のうリーンや。そろそろ諦《あきら》めて本当のことを告白したらどうなんじゃ？」

「……ヤダッ、また今度」

子供のように否定するリンコにフマルも苦言を呈《てい》します。

「ヤダって言ってもよぉ……逆にこのタイミングを逃したら次は当分ないと思うぜ」

カツも同様の意見です。

「そうですよ、明日やると言って面倒事を後回しにして、ちゃんと次の日やったことありましたか？」

一部の人間に思いっきり刺さるカツの正論に「ぐぬぬ」としか言えないリンコ。

サタンはリンコを放っておいてとりあえずプリプリ怒るロイドをなだめます。

「ロイド氏、この資料は俺が責任もって王様に改善するよう努めてもらうから」

「そうですか！　サタンさんが言ってくれるなら安心です！　前線基地の方のためにも、よろしくお願いいたします！」

絶対的信頼感を醸《かも》し出すロイド。マリーが「あれ？　私より信頼してね？」と訝《いぶか》しげな顔をしていますが今は関係ないのでスルーしましょう。

「オッケー、あとでキツ目に言っておくから」

「ちょ、ちょっと待ってくれサタン君。誤解を解いてほしいのだが」

場を収めるためとはいえ、なんか濡《ぬ》れ衣《ぎぬ》でロイドの評価が下がってしまうのは心外だと訴える王様。

そんな彼の言い分はマリーによって止められてしまいます。

「誤解を解く前に説明すべきことがあるんじゃないですか!?　あの女の件ですよ！」

「ご、誤解っていうか……ワシは別に言ってもいいんじゃが……」

娘にいいようにしてやられているアザミ王を見てフマルはケタケタ笑っていました。

「ざまあねえなぁ極悪非道の王様ってか」

茶化すフマルですがそんな彼をロイドが怒ります。

「フマルさんも！　今まさに困っている人がいるっていうのに、ふざけちゃダメです！」

「お、おう……ゴメンな」

素直に謝るフマル、この御大もロイドには形無しのようですね。

「まったく調子に乗りすぎですよフマルさん」

フンスと鼻息を荒くするロイド
その傍《かたわ》らで王様が洗脳ではないことにほっと胸を撫でおろしているクロムですが……なおさら気になるフードの女性のことを尋ねます。

「あの、魔王に洗脳されていたわけではないのは分かったのですが……だとすると余計謎なんですがあの女性……どうしてあそこまでコソコソされているのでしょう」

冷静なクロムとは対照的に更なるヒートアップをするマリーさん、リングサイドのプロレスファンが如《ごと》く前のめりです。

「決まってるじゃないの……遺産狙いの後妻業だからよ！　許すわけにはいけないわよ！」

後妻というか正妻なのですが……はた目から見たらそう思われても仕方ありませんよね。

娘に後妻扱いされるというおかしな現象に苦笑するカツはリンコにそろそろ年貢の納め時だと促しました。サタンもスルトも「やるなら今しかねぇ」と説得し始めます。

「謎の天才軍師なんてもう通じませんよ。だったら色々フォローできる面々がそろっているこの場でゲロった方がいいんじゃないですか？」

「ぐぬぅ……セタのくせにぃ」

下に見ていた（笑）サタンに正論を吐かれ、観念したリンコは渋々立ち上がります。しかしまだ割り切れていないのかフードは目深に被りマリーに背を向けたままです。

「ほれ、立ち上がったらあとは振り向いてフードを外すだけじゃて」

「待ってよルー君……言葉を探しているのよ……湿っぽいの大嫌いだからさ、明るい言葉を」

「お前、俺やルークと再会した時は結構軽めだったじゃねーか」

きっと母性というか自分の子供に対する親心や黙って出て行った罪悪感など諸々あるのでしょうね。

さて、そんな彼女の素顔に興味のあるロイドはこっそりと顔を覗き込んでみます。

「あれ？　もしかして……リンコさんですか？」

あっさりバレてしまった彼女はロイドにバツの悪そうな顔を向けましました。

「あ、アハハ、そ、そうだよ～リンコさんだよ～」

二人のやり取りを聞いてマリーはさらに訝しげな表情です。

「なに!?　ロイド君も知り合いなの!?　将来有望なロイド君に目をつけるなんてどんだけお目が高い……おっと、手を広げているの!?」

見る目あるわねと一瞬褒めてしまうマリーさん、そんな彼女にロイドが「悪い人じゃないですよ」と説明します。

「えっと、冒険者ギルドのギルド長さんですよ。全然悪い人じゃないですし親切な方ですよ」

「ふーん、だったらなんで顔を隠しているのかしらね？　リンコさんとやら、良い人だったらフードを取ってあいさつくらいするでしょう？」

不信感を募らせ、ずずいと前に出てくるマリー。

そしてついにリンコは「もうダメだ」と隠し通すことに限界を悟り……なんと、開き直ったのでした。

「ふっふっふ、バレてしまってはしょうがないわね」

吹っ切れてしまったら切り替えが早いのがこの人です。まるで何かの黒幕かのように悪役然とした笑い方を始めました。

「何か役にならないと喋れないんだろうな」

「難儀な性格だぜ所長」

研究所時代から知っているサタンとスルトは気の毒そうに小声で話します。王様に至っては彼女の精一杯の頑張りを温かい目で見守っていますね。

さぁ満を持して……というか限界と言わんばかりのやけくそ身バレタイムが始まります。

「謎の美しき天才美魔女軍師は世を忍ぶ仮の姿――」

「美しき美魔女って意味かぶってねーか？」

「気にしないでくださいフマルさん、美魔女はマイブームだそうです」

フマルとカツが小声でツッコんでいるのをリンコは目で言わないでと訴えます。結構ギリギリみたいですね。

外野の茶々をスルーして、リンコはとうとうフードを外しました。背を向けたままですが。

「えーっと、その正体は！　冒険者ギルドのギルド長にして！」

そして長い沈黙の末、意を決したのかくるりと半回転して、ようやく正面を見せた彼女は何とも言えない顔で苦笑していました。「でへへ」という言葉の似合うそんな顔です。

「ん？」

「うん？」

どことなく見覚えのあるその顔に引っ掛かるマリーとクロム。

リンコはもう「ええいままよ！」「南無三《なむさん》！」な勢いでダブルピースなんかして素性を明かすのでした。

「はいそうです！　そして行方不明だったあなたのお母さん、リンコさんことリーンでーす！」

努めて明るい大声でのカミングアウト……

そのやけくそともとれる突貫カミングアウトにロイドとクロムはたまげてしまいます。特にクロムは昔に見聞きしたのと同じ若い姿に唖然呆然《ぼうぜん》と驚愕《きようがく》を繰り返しながら非常にめまぐるしく表情を変えながら問いつめる勢いでリンコに詰め寄ります。

「確かに王様のデレ具合やフマルさんの妙な優しさに納得がいきますがっ！　ですがっ！」

あぁ全然質問になってませんね。クロムはもう何が何やらでうまく言葉が紡《つむ》げないみたいです。

そして――

「………おかあ、さん？」

実は胡散《うさん》臭い謎の天才軍師が子供の頃に別れた母親だと知ったマリー、いつもの絶叫キャラからして相当すごいリアクションを期待できるところですが――

「プヒ」

なんと、鼻水を垂らし気絶してしまいました。どうやらたまげすぎて「リアクションの向こう側」にたどり着いてしまったみたいですね……もしこれがドッキリバラエティだったらディレクターは思い描いた画《え》が撮れず頭を抱えていることでしょう。

立ったまま気絶するマリーに室内は一時騒然となりました。

「ま、マリーさんっ⁉　ちょ、マリーさん⁉」

「と、とりあえず横にさせるのじゃ！」

そして数分後……

白目をむいて鼻汁を垂らすマリーのためにすぐさまベッドを用意させ、マリーはなんとか落ち着いたようですね。

「うーん、お母さん……うーん」

「どうやらただの知恵熱だね……まぁそっか、無理もない急だもん」

娘の額《ひたい》に手を当て熱を計りながら反省するリンコ。濡れタオルを用意して額に当ててあげる姿はお母さんでした。

イスに寄りかかりながらフマルも頷きます。

「しかもジャジャーンだからな……ルークみてぇな下手くそなはっちゃけ方しやがって」

「ほんと、二度とこんなことがないように猛省するよ。アレを反面教師にしないと」

マジトーンのリンコさんに王様は目に涙を浮かべます。

「のうクロム……ワシそんなにアレなのか？　はっちゃけかた下手？」

「はい、スイッチの入れ方が常に下手なんです。ゼロかＭＡＸかなので」

クロムさん今日は攻めますね。

とまぁ全方位にいじられ目から涙がこぼれる王様をスルーし、クロムはフマルやカツに謝りました。

「改めて疑ってすみませんでした。お二人が洗脳されたかのように彼女を持ち上げていたのに合点がいきましたよ」

「ふ……そう言われると照れますねクロム君」

「ほめてはないですが」

リンコのことになるとちょくちょくボケに回るカツさんでした。

「ごめんねぇクロム君とやら、今表に出ると面倒なのさ、その辺ご理解ちょうだいな」

「はい、心中お察しします……いやしかし、それよりも……コンロンのあの方たちやサタンさんとも面識があったなんて……いやはや、不老不死なのも納得いきました」

情報の波に襲われたクロムですが「コンロン村のアルカ関係」という魔法の言葉で全てを飲み込み納得したのでした。初期と比べたらずいぶん耐性がつきましたね。

「村長のお友達だったんですか、ならお若いのも納得です」

そしてロイドもすんなりリンコの不老不死を受け入れたのでした。こっちは生粋《きっすい》のコンロン村の住人、そういう人間が世に沢山いるんだと思いこんでいるみたいですね……実際魔王というジャンルすら違う代物なのですが。

リンコは口元に指を置くと「内緒ね」のポーズを取ります。

「とりあえずさ、アルカちゃんには私のことを内緒にしてもらえるかな」

「はい分かりました、村長のウザ絡《がら》みが面倒くさいんですね」

この要望もすんなり受け入れられてリンコは思わず苦笑します。

「安定のアルカちゃんね……昔はそんな娘じゃなかったんだけどな」

リンコは感慨深げに頷いたのでした。

その間、サタンとスルトはロイドが持ってきた資料の方を読み直していました。

「さてさてスルト氏。こんなしっかりハッキリとした証拠が手に入ったがどうしようか、内容から察するに自走砲でも作っているみたいだぞ」

「ハッハッハ、そうだなサタン氏。こんだけありゃ焼くなり煮るなり好きにできるぜ！」

　攻めの選択肢が増えてうれしそうにする両名。

　そんな二人に王様が話しかけます。

「お楽しみのところ悪いが、まずは軍事演習中止のおふれを出さねばなるまい。ここまで情報が筒抜けでしかも相手が奇襲をかける算段があるのなら大事をとるべきだろう。それをきっかけに戦争を仕掛けようとしているならなおさらだ」

　国民の安全第一の王様はもっともな意見を言いましたが……リンコはふにゃりと笑いながら反論します。

「いやぁ、逆に今だよルー君。仮に今ジオウ帝国の侵略を回避したとしても、今度は警戒してより巧妙に仕掛けてくるよ。だったら叩くのは今さ」

「戦争をこっちから仕掛けるのかよ？」

「いやいや、要は戦争にならなきゃいいのさ。相手の手の内が分かっている今がチャンス。敵も味方も被害を出さず相手を無力化し、おそらくいるであろう相手の頭……ユーグちゃんを引っ張り出して叩き潰《つぶ》すのよ」

「敵も味方も無傷で相手を無力化する……」

　なんて無茶なというカツの顔を見てリンコは笑った後、真面目な顔つきになりどこか遠くを見やりました。

「……あの子は調子に乗っちゃうからね、冷静になる前に叩くのが一番なのよ」

あの子が誰なのか見当がつかない面々はポカーンとしましたがサタンとスルトは頷き合います。

「それが一番だね、性格上おそらく現場を眺めているだろう」

「あいつの行動をストップさせりゃ色々話は進むぜ」

リンコは元のお調子者の表情に戻るとポーズを決めながら指示を出しました。

「というわけでだ！　軍事演習は続行さ……いや、演習じゃなくなっちゃったね。こいつはもうプレリュードってところだよ」

「ぷれ？　なんですか？」

「偉大なる幕開けってことさロイド君。さぁさ、クロム君を含め作戦会議といこうじゃないか。今度はちゃーんと仲間に入れてあげるからさ。まずはカジアスとヒドラをとっ捕まえる作戦を練ろうじゃないか！」

「はぁ」

はぶられたことを気にしているわけでもなく、むしろ話の流れが見えないクロムは生返事をするしかありませんでした。

ロイドはマリーを見やると何やら考え事をしていました。

「うん、どうしたロイド氏？」

「マリーさんのお母さんと王様が仲がいい……これって……」

やっとロイドはマリーが王女だと気が付いたか？　と思った次の瞬間でした。

「まぁ気絶しちゃうのも無理ないですよね、もしかしたら王様が義理のお父さんになってしまうかも知れないなんて……僕も気絶しない自信ないですよ」

頑なにマリーを王女と信じられないロイドに「どんだけ王女らしくない生活見せているんだ」と一同は一周回ってマリーが心配になるのでした。


さて、ではスパイ行為を行っていた軍事長官カジアス中将と武器商会のギルド長ヒドラにスポットを当ててみましょうか。

軍事演習本番まであと一週間前のある日のこと。

中央区にある、大きな屋敷の一室では件《くだん》のタカ派こと軍事対策本部中将と武器商会のギルド長が酒を酌み交わしていました。

その部屋は軍人よりも儲《もう》かっている商人が住んでいるような、そんな豪華な部屋で……悪代官と越後屋の関係よろしく、山吹色のお菓子と共に「お主も悪よのぉ」とでも言いそうな雰囲気満載でした。

「いやいや、全ては滞りなく進みましたな中将殿」

「おお、軍事演習など腑抜《ふぬ》けたことを提案された時は耳を疑ったが……結果我々にとって都合のいい方に転がった。まったくジオウ帝国様々よのぉ」

何でしょう、固有名詞をのぞけば完全に「時代劇でこれから成敗される悪役」ですね。

ワインを一口飲んでは「ヌッフッフ」とほくそ笑み、酒臭い吐息こぼす二人。酔いが回ったのでしょうお互いの悪事の思い出話を語り始めます。将棋《しょうぎ》における感想戦……いえ、同窓会で「あの頃のお前悪かったよな〜」みたいに語る中年といったところでしょうか。

「しかし諜報《ちょうほう》部が動いた時は肝を冷やしましたな中将」

「ああ、だが私とお前との関係まで摑みきれなかったのが奴《やつ》の運の尽きだったな」

「いやいや、運がいい方ですよ先代の諜報部部長さんは……なんせ命は助かったのですから」

「そうだな、左遷ですんだのだからなぁ。あの時の顔といったらたまらなかったぞ」

そんな肩を揺らして笑っている中将に、武器商会の男はふとした心配を口にします。

「ところで……次の諜報部の人間は大丈夫でしょうか?」

カジアス中将はまだ笑いながら「安心せい」と足を組んで余裕の表情です。

「今の諜報部のトップは噂《うわさ》の元ロクジョウ魔術学園の女学長……正義感とは無縁の女よ」

「あぁ、あの功名心の固まりですか」

その辺は有名なようで名前を聞いただけで武器商会の男は安堵《あんど》の表情です。

「今の地位より下になるような行為は避けるだろうて。まぁ保身の為に裏で探りを入れている可能性は高いかもしれんが関係書類は全て偽造、もしくは破棄しているから問題はない」

「万一、何かあっても御しやすそうですな。金でも出世でもチラツかせればよさそうな安い女でしょう」

高笑いをする二人……もう完璧《かんぺき》に洋風悪代官といったところです。

さらに酒が進み気が大きくなったのか二人はドンドン喋ります。

「しかし、最近のジオウ帝国さんは迷走しすぎではないですかな？　前はそこまででもでしたのに」

ヒドラは職業柄なのかちょくちょく心配を口にします。いますよね、酔うと逆に口にしなかった疑問や心配、不満をボロボロこぼすタイプ。

片やカジアス中将は酒を飲むとノリノリになるタイプ、ふんぞり返って「気にするな」と笑い飛ばします。

「思惑なんぞ知らん！　連中の策ならばノってやろうではないか、お主は少なくとも懐《ふところ》は潤うだろう」

「左様でございますな。まぁ何かよからぬことを企んでいた場合も考えていつでも手のひらを返せるようにしておきましょう」

「うむ、利用するだけ利用して……両国で戦争が起きた暁には勝たせてもらう、手の内はバレているからな、最後は国力よ」

「まぁユーグ博士がいくらジオウ国王の側近であろうとも所詮は一介の開発者ですし」

そのユーグが国を掌握《しょうあく》し今の水準など遥《はる》かに超えた頭脳をもっているとは……まぁカタログスペックだけで判断するのは難しいでしょうね。

「せいぜい悪役として暴れてもらって最後の最後で勝たせてもらうよ、さすれば私の地位は一生安泰だ」

「そうですね、小競り合いを続けていただければ不安で武器が売れて助かります」

まさか走る大砲……自走砲を作っているなど微塵《みじん》も思っていない両名が皮算用をしている……そんな時でした。

「いやぁ、きーちゃったーきーちゃったー」

「「だ、誰だ⁉」」

隣の部屋に通じるドアから、まるで招かれた客のように自然な振る舞いでリンコとサタン、そしてロールが現れたのです。

「どうも、御しやすい女どす」

青筋を立てて笑っているロールを見て腰を抜かす武器商会のギルド長ヒドラ。カジアス中将は震える指をさして「どういうことだ」と尋ねました。

「なにぃ⁉　なぜ隣の部屋にいる⁉　警備はどうした！」

いやぁこの辺のリアクション、成敗される前の悪代官まんまですね。

動揺している二人を見てサタンは満足げな表情でした。

「ノーコメントだよお二人さん」

「まぁお前の影を操《あやつ》る力で侵入したなんて言っても信じちゃもらえないだろーな」

「うむ、説明も面倒だし、こんな時は謎めいていた方がカッコいいだろ」

頭の上のスルトと会話しているサタンをスルーし、リンコは中将の前にずずいと出ます。

「お、お前は謎の天才軍師！」

「美しきの部分が抜けているよ……はてさて」

リンコは怯《おび》える悪役二人を見やった後、ロールに目配せをしました。

「いやいや、先ほどまでのお二人の発言、諜報部の監査項目に引っかかりまくりどすなぁ。下手したら極刑も免れないかと思います」

さて、ロールの脅しに動揺していたカジアス中将ですが逆に開き直ったのか繕って言葉を返します。

「ほう、どうなるのかね？　私たちは酒を飲み、ついついおもしろ妄想で悪役ミニコントをやっていただけなんだが」

うーん、かなり無理のある言い訳ですね。しかしコレしかないとヒドラも全力で乗っかってきました。

「そうだ！　私たちは悪者ごっこをして遊んでいただけだ！　あーサプライズ監査の時に童心

にかえるなんて間の悪いー！」

あまりの開き直りに「ずいぶん無茶な」と呆れるリンコたち……しかし相手はカジアス中将、どうやらこの一件を無理やりにでもみ消すつもりのようです。

自分が権力者であると自覚のある彼は堂々とした態度で逆にリンコたちを脅してきたのでした。

「しかしサプライズ監査とはいえ不法侵入で盗み聞きとは……正直そちらの勤務態度の方に問題があると言わざるをえんなロール女史」

「こんっ……ふざけた言い訳を……」

裏で言いたい放題言っていたうえに開き直り……ロールは憤り食ってかかろうとします。

そんな彼女をサタンが制しました
「ロール氏、奴は君に手を上げさせて状況を有利にしようとしているのだぞ」

サタンに諭されロールは苦虫を噛《か》みつぶしたような表情です。

カジアス中将はそのやりとりを見てドンドン余裕を取り戻していきました。

「さて、この状況、君たちの方が分かりやすく罪に問われると……そう思わんかね、盗みを働き見つかったら監査だと言い訳する……実に理にかなった窃盗犯だなぁ」

ヒドラに目配せする中将。彼はお腹《なか》を揺らしてその通りだと同調しました。

「しかも状況が不利になったら我々がスパイだと口裏を合わせた嘘の発言をしようとしている

な！　ただただ酒を飲んでいた我々に変な言いがかりを！」

　さっき童心云々《うんぬん》と言って言い訳していた設定は無かったことにしたみたいですね。

「さてこの状況、君たちの方が不利だと思わないか？　軍事警察が来た時、家の物の一つや二つ無くなったことにしたらどうなるか……そうする力は私にはある。もちろん我々がジオウ帝国とやりとりをしている証拠でもあれば話は変わってくるがな」

　堂々と冤罪《えんざい》宣言するカジアス中将。これは証拠品が出てこない、全て処分した自信の表れなのでしょう。

　さぁこのタイミングでロイドが持ってきた証拠品を突きつけるかと思いきやリンコは彼らを泳がします。

「いや～さすがだね中将さんに武器商会のギルド長！　それを言われたらなーんもできないや、私証拠品持っていないし。勢いで逮捕できると思ったんだけどな～」

「くくく、ようやく自分たちが不利だということに気が付いたな。そうだ、証拠がなければ我々の方が立場は上」

「ホント、完敗だね。ねぇ冥土の土産に教えてくれないかな、あんたらの計画、一体ジオウの誰とつるんでいるんだい？」

　勝ちを確信した二人は気を大きくしたのかまだ酔いが回っているのか……饒舌《じょうぜつ》に語り始めるのでした。

「聞いて驚け、我々はジオウ帝国の王様、そしてその側近と繋がっている」

「名前は？　ユーグ博士かな？」

「ほう、そこまで掴んでいるのか、さすがだな」

泳がされているとは知らず、ほめるカジアス中将。そしてヒドラも続いて語り出しました。

「我々は向こうから法外な金をいただいて密輸出をしていたのだよ。本来は敵国に送ってはいけない武器制作に欠かせない鉄鉱石などの材料をね」

「それを盗賊に襲われたことにして渡しているのさ。私はそれを口実に警備予算をもぎ取っていたんだ……まぁいわゆるマッチポンプ感は否《いな》めないがね」

「それ以外に教えてくれる情報はあるかな？　……たとえばジオウ帝国とプロフェン王国との関与とか」

「ん？　関与？　そういえばポロッとユーグとかいうちびっ子博士は『イブさん』がどうこうと言っていたような……」

ギルド長が口を滑らせた瞬間リンコはにんまりと笑みを浮かべました。

「それだけ聞ければ十分かな……まぁいいや、あとは尋問の時たっぷり聞かせてもらうとするか……スルトお願い」

「尋問だと？　何を言っているんだ、証拠もなく……ん？」

リンコの呼びかけに応じ、スルトは「ほいきた」と軽快にサタンの頭からジャンプし窓枠に張り付くと二度三度、炎の力で口を光らせました。

　まるで何かの合図にカジアスとヒドラはお互いの顔を見合わせます。

「おい、そもそも何だそのカメは……人の屋敷に汚い珍獣を連れてきて」

「高く売れるなら私が引き取ってもいいんですがね、売れそうもないですな赤いカメなど」

　散々な言われようにスルトはカチンときて反論します。

「オイふざけんな！　汚い珍獣だぁ⁉　バッドスメルが漂わないよう毎日石鹸《せっけん》で洗っているぜ！　まぁ綺麗《きれい》なお姉ちゃんに売ってくれるんならアリだけどそこんとこは要相談だな」

　いきなり喋りだすカメに二人は動揺します。

「しゃ、しゃべ⁉　も、モンスターかそれ⁉　モンスターで脅そうなど！」

「そんなことはしないよお二人さん。正攻法でやらせてもらうね」

　その時でした。

「し、失礼します！」

　一人の使用人が慌てて部屋に現れます。取り込んでいる最中、ノックもせず入ってきた彼に対し怪訝《けげん》な顔を見せました。

「な、なんだ騒々しい！　後にしろ！」

　息せききって現れた使用人は用件を必死になって伝えようとします。

「その！　諜報部内部監査の人間が多数の軍人を引き連れてこの屋敷を取り囲んでおります！」

「「何ィ!?」」

カジアスとヒドラは「そんなまさか」と言いながら窓に取り付き外の風景を見ました。

そこには深夜の屋敷を取り囲む蓄光魔石で灯《あか》りを持つ軍人たちの姿が。

「おーおー、カエルみたいに窓ガラスにへばり付いていやがるぜ……んじゃ行きましょうか」

諜報部のお手伝いをしているリホが先陣を切り軍人たちは屋敷へとなだれ込みます。時代劇でいう捕り物帖の一幕のように「御用だ！　御用だ！」という掛け声が似合いそうな雰囲気の中、屋敷の使用人の制止を振り切り先陣を切ってリホが現れました。

「はいはい失礼しますよと……おーい、いい情報は聞けたかロール」

「あぁ、聞きたくない悪口までワンさかと聞かされましたわ」

カジアス中将は憤りを露《あら》わに乗り込んできたリホや軍人たちに怒鳴り散らしました。

「な、なんだ貴様等は！　誰の許しを得て！　令状もなしにこんな真似してただですむと思っているのか！」

その言葉待っていましたと言わんばかりに悪い顔をするロールは懐から何かを取り出します……何やら堅苦しい文面のある書類ですね。

「あー悪口言われて、すっかり忘れていましたわ……これ、逮捕令状どす」

サラリと出されたその代物を疑いの目で見つめるカジアス中将とヒドラ、しかし本物だと確認できてしまい狼狽えながら逆上しました。

「そ、そんなバカなわけあるか！　証拠！　証拠！　証拠なくして逮捕令状が出るものか！この令状が本物なら証拠の方がっでっちあげだ！　そうだろ⁉」

「よっぽど証拠を処分したことに自信があるんだなぁ……」

そう言いきるヒドラにサタンは一周回って関心します。

「確かに調べたけどアザミ王国にはまーったく見あたりませんでしたな、過去の資料頑張ってひっくり返したウチの苦労が無駄になりましたわ」

「頑張ったのはアタシの方だけどな」

リホのジト目をスルーしているロールにカジアス中将は必死の形相で問いつめます。

「無かっただろ！　じゃあなんだこの有様は！　さっきまでの発言は状況証拠にしかならん！　逮捕令状は出せんぞ！」

その狼狽えっぷりを堪能した後、リンコがリホに指示を出します。

「聞いてなかったの中将さん、アザミにはないって……リホっち、アレ持ってきて～」

「リホっちって……はい、これですね」

リンコのキャラに苦笑しながらリホが差し出したのはロイドがジオウ帝国から持ってきたあの資料でした。

「なんだそれは？」

「まぁ見覚えなんてあるわけないよね。これはさ、ジオウ帝国から拝借してきた資料だからね」

「「なぁ⁉」」

アゴを外しシンクロするように驚愕する二人に対しロールはほくそ笑みます。

「おーいい顔どすなぁ、ここまで引っ張ったかいがありましたわ」

「だってさっき無いって」

狼狽えるヒドラ。

「だから『私』は持っていないって言ったよ〜……ごめんねーロールちゃん。ホントはすぐにでも叩きつけたかったでしょうが」

「小じわが増えたら経費で美容水を落とさせてもらいますわ」

わざとらしく目元を押さえながら悪い顔で笑うロールでした。

リンコは資料をぺらぺらっとめくりながら該当箇所を読み上げていきました。警察が罪状を読み上げる……というより先生が悪い生徒を窘めるようにです。

「さすがに自分の周辺はきれいに掃除できてもさ、相手の方まで手は回せないもんねぇ……しっかしアザミの武器商会関係が盗賊に襲われた場所、完全に相手国だよ。おっかしーなぁ、報告じゃ自国内の全然違う場所だし奪われたのも軍事携帯食じゃないみたいだよ」

「どう言い訳するかなヒドラさん？　しっかり明記されちゃっているのだけど？」

サタンの挑発のような言葉にヒドラは言い訳もできず押し黙るしかありませんでした。アブラ汗で顔面ひったひたになっています。

一方、カジアス中将の方は笑いながら開き直っておりました。

「くくく！　いやぁ汚い！　そんな証拠品がジオウから流れてくるわけがない！　私を失脚させようというでっち上げの嘘っぱちではないか！　そんなに中将の座が欲しいのか⁉」

「あーその流れ、時代劇で何度も見たわ」

「ボス、ジャパニース時代劇の様式美なんてここの人たちには分かりませんよ」

往生際の悪い中将にリンコたちは呆れるしかありません。

「まぁ欲しいっちゃ欲しいどすが、アンタが必死にしがみついて歯形のついた権力のイスなんか不衛生なんで当分いいですわ。さぁおとなしくご同行願いましょか中将はん」

そんなロールにリンコが警戒を促します。

「ロールさん気をつけて、時代劇だとこっから『であえ！　であえ！』で殺陣《たて》が始まるから」

「たて？　さっきから何言うとるんどすか？」

さて、皆の注目が中将に向かっている間……ヒドラはこっそり部屋の奥、クローゼットの方へと移動しておりました。

「うん、ご同行の際は上着一枚はおった方がいいですよ。最近冷えるようになったから」

観念して捕まる覚悟ができたと思ったサタンは優しく体を気遣ってあげますが……ヒドラの顔は往生際の悪い悪人のそれでした。

「ぬははは！　誰が同行などするかバカめ！　私たちにはこんなこともあろうかとユーグ博士

からいただいた切り札があるのだよ！　いいですか中将⁉」

「うむ、最悪の状況を切り抜けるならそれしかあるまい！　この場にいる全員を『鎧人形《よろい》』で始末する！」

完全に開き直った悪党二人に苦笑していたリンコ……ですがヒドラの発した兵器を耳にしたとたん表情を一変させました。

「もう隠そうともしないなんて……え？　ユーグの切り札？　鎧人形だって？」

いやな予感がするリンコは眉根《まゆね》を寄せ、構えます。ユーグがどんな人物か知っているサタンやスルト、リホも警戒し始め臨戦態勢をとりました。

ヒドラは太ったお腹を揺らしながらクローゼットの扉を開きます。そして高そうな服の奥……どうやら二重構造になっているようで大きな板を豪快に外しました。

カジアス中将も同じくクローゼットに飛びつくと服をかき分け奥の板を外しました。

「全くコレを使うハメになるとはな！」

かき分けた服の先には……なにやら鎧武者のような人形が膝《ひざ》を抱えうずくまっていました。

鈍い銀色の楕円状《だえんじょう》の頭部に緑色のガラスがはめ込まれ華奢《きゃしゃ》な肢体はコンパクトに折り畳まれています。

「なんだありゃ、人形か？」

リホがミスリルの義手を前に出し、いつでも戦えるよう構えていますが……ロールは余裕綽々《しやくしやく》な態度でした。

「はん、お人形遊びなんて子供みたいな連中どすなぁ。こんなの――」

「おい！　油断すんなロール！」

リホが叫んだ次の瞬間でした。

――イン、キュイン……

膝を抱えていた人形のレンズが怪しく光ります。不気味で不穏な音は、まるでロールたちの動きにあわせているようです。

「な、何どすか？」

「これは厄介なドールだぜ！　ロールさん離れたほうが！」

スルトの叫び声に反応したかのように二体の鎧人形は立ち上がりロールたちに襲いかかりました。手首が回転し腕の中から鋭利な刃物が飛び出します。

「なぁ⁉」

尋常ならざるスピードに呆気《あつけ》にとられるロール。

そんな彼女をサタンが身を挺《てい》して庇います。

「大丈夫かロール氏！　……っう」

「！　サタンはん⁉」

「なるほど、ユーグ氏の置きみやげってやつか……ただの刃物じゃないな」

サタンが切られた肩を押さえ顔を歪《ゆが》めています。

その間もう一体の鎧人形は次々と普通の軍人や使用人に襲いかかり、何人か血を流して倒れてしまいます。

「オラァ！」

リホがミスリルの義手で殴りかかりましたが……鎧人形は怯《ひる》むことなく手首の刃物で反撃します。

「っ！　おいこの強度……アタシの義手と同じミスリルじゃないか⁉」

リホの情報にリンコが周囲の軍人たちに手を出さないよう呼びかけました。

「ミスリルか！　ナイス情報リホっち！　一般の軍人は手を出さず距離をとって！」

慌てるリンコを見て「形勢逆転だ」と安堵したヒドラは楽しそうに笑っていました。

「くくく、どうかな？　ユーグさんから譲り受けた殺戮《さつりく》鎧人形の性能は。人を傷つけることに躊躇《ためら》うことのない新時代の兵器は戦争の歴史を塗り替える代物……ん？」

とまぁノリノリで商品を説明する通販番組の司会者のようなヒドラに対し、そのご自慢の新時代の兵器は躊躇うことなく彼に切りかかります。

「んぎゃあ！　私の腕！　いったーい！」

実に情けない声を上げるヒドラに同じように勝ちを確信していたカジアスの顔色が一瞬で変わりました。

「お、おぉ？　どういうことだ⁉　使用者に切りかかるなんて不良品じゃないのか⁉　と、止まれ！　主人に向かってなんたる無礼！」

カジアスの方に照準を向け始めた鎧人形……

血を流して倒れている使用人を魔法で回復させながらリンコが呆れていました。

「どうもこうも、最初っからアンタらを始末するために渡したんだろうね……全くあの子は」

抜け目ないユーグに感心しながらリンコはサタンとスルトに指示を出しました。

「サタンは拘束、スルトはこの屋敷が燃えない程度の炎で関節可動部を攻撃してちょうだい！　そのボディラインから考えるに関節部の耐久性は低いはず！」

「まったく無茶言うぜボス！　サタン、しっかり動きを止めろよ！」

「誰にものを言っている！　お前より仕事のできる男だぞ俺は！」

漆黒《しっこく》の影が鎧人形二体にキツく巻き付くとギシギシ唸りをあげ動きが止まりました。

「ふむ、この細さでなかなかのパワー……スルト、後は頑張れ！」

「ほいほい、脚部と腕関節……」

ベテラン溶接職人のように器用に関節部を炎で溶かし始めるスルト、鎧人形は動こうとすればするほど関節部がねじ曲がりバカになっていきました。

「後はレンズもひび入れておくか……リホちゃん、俺が緑のガラス部分熱しておくから氷魔法で思い切り冷やしてくれ」

「あ、あぁ了解」

カメに的確な指示を出され若干動揺するリホですがもう色々慣れているようですね。すぐさま順応し見事鎧人形のレンズを割ってみせました。

そこまでやってようやく動きを止める人形にリンコは安堵の息をもらします。

「魔王の力でようやくか……レンズさえ潰せば認識できなくなって襲わなくなるタイプとはいえ数で攻められたら非常に厄介な代物ね」

感嘆《かんたん》の声をあげるリンコの傍らで、サタンがロールを心配していました。

「無事かロール氏？」

「あ、ありがとさん……」

そのらしくない挙動を見て義理の妹であるリホが悪い笑顔で茶化してきました。

「はーん？　どうしたロールさんよぉ、らしくねーんじゃね？」

「う、うっさいわアホ！　……にしてもとんでもない人形どしたな」

リホはイジるのをやめリンコに尋ねてみます。

「なぁリンコさん、もしかしてこの装甲ミスリルか？」

「……の廉価版だろうね、量産しやすいように。そしてその動力源は恐らく」

リンコはおもむろに鎧人形のレンズをはがしてみました。すると中には……

「ひぃ！」

「ぬ、ぬおぉ⁉」

鎧人形をけしかけた二人がビビるようなおぞましい姿の人間が中にいました。虫のような甲殻に覆われ、木の根っこに青々とした苔《こけ》が皮膚にびっしりとこびり付いたミイラのようでした。

「これ、昔見たミコナ先輩のコピー……いや、あれよりかヤベー感じだ」

「ミイラのように細って気が付かなかったが、中身は人間のようだな……この状態じゃ生きているとも寄生されているとも言い難《がた》い」

リンコが臆することなく機能停止した中身を観察します。

「おそらく彼女が研究した魔王の力を無理矢理注入したんだろうね。人間を依り代にしてディオニュソスの力で戦闘本能だけ機能するようにして……ん？　この外殻、ミスリルとゴーレムの力を融合させたのか……完全にスイッチ入れたら殺戮を繰り返すやつだね……コレをコントロールできるのは作った本人、ユーグちゃんくらいでしょう」

「なるほどなぁ、いつでも縁を切れるようにしていたんだな。ピンチの時の切り札とか言ってさ」

リホの言葉にゾッとする二人。

彼らの機微など意に介さず、リンコはアゴに手を当て、かつての部下の凶行をおもんぱかっていました。

「ユーグちゃん……本気か……もうこんなことをするまで追いつめられているのか……」

「とりあえずリンコさん、コイツらをしょっぴいて色々尋問しましょか」

心なしかウキウキのロールさん、尋問と発した時の顔はそれはそれは朗《ほが》らかでした。

「そうね、知っていることを洗いざらい話してもらおうかしら……重要なことは伝えられていない小者だとしても」

「ってなわけや……さぁさぁ！　悪党は死ぬほど辛《つら》い刑罰を受けてもらわんとなぁ！　連れて行き！」

縄で縛り上げられ連行されていくカジアス中将とヒドラ。しかし中将は最後っ屁《ぺ》のように怨み節は吐いていこうとします。

「ふん、ロクジョウで死体いじりをしていた女が……よく人を悪党呼ばわりできるな」

「なんやて？」

「権力にしがみつこうとして命を弄《もてあそ》んだ貴様のような女がこの国でのうのうと生きていることに反吐《へど》がでる。何にでも尻尾を振る犬以下の女よ」

「この、言わせておけば……」

思わず手を上げそうになるロールをサタンが制しました。

「よしたまえロール氏、さっきと同じだ。自分を殴らせ状況を有利にし、少しでも負う罪を軽くしたいだけだ」

「せやけど……」

「今後の君の立場も面倒なことになる、こんな男を殴ってせっかくのアザミ王国での生活を無駄にするつもりかい？」

憤りの収まらないロールを見てカジアス中将は煽《あお》ります。

「ふん、やはり犬だな――――ッ！」

そんな煽る言葉を続けようとしたカジアス中将の顔面を……サタンがぶん殴りました。

「ゴボォ!?」

前歯を折り鼻血を垂らすカジアス中将、意外な人物に急に殴られ動揺を隠せずにいました。

そんな彼の胸ぐらをサタンは掴み上げ睨みます。

ビクつきながらも中将はサタンに対して上から目線で抵抗します。

「き、貴様！　やめろ！　こんなことをして――」

「いいんだよ俺は、この国とは関係ない魔王だからな」

「なぁ!?」

「その口汚い言葉を俺に吐いて殺されないだけましだと思え。もし君が自分の罪を認めず往生際の悪いことをしようというのなら……ある朝起きたら腕の一本二本無くなってても知らんからな」

サタンの本気の脅しに、カジアス中将は心底怯えてしまいました。さっきまで人を犬だの言っていた本人が小犬のように震えるのを見てロールも溜飲《りゅういん》が下がったようです。

「わかったらすべてを自白するんだな……あぁ仕事を止めて申し訳ない、連れて行ってやってくれ」

張りつめた空気の中、軍人に連行するよう促すサタン。

大人しく退室するカジアスとヒドラを見送った後、リホがサタンの背中をポンと叩きました。

「言うじゃねーかサタンさんよ、スカッとしたぜ」

「いやぁ、ああいう偉そうな輩《やから》に啖呵《たんか》切るの昔から憧《あこが》れていたんだよリホ氏。やってみるもんだな」

リホは大笑いして同意します。コンロン村で初めて会った時からは想像できない関係性ですねこの二人。

「アッハッハ！　なるほど！　ムカつく奴や上司に言い返すのは男の夢ってか！」

「あ、うん……元上司が前にいるからおおっぴらに同意はできないけどさ」

さて、そんな盛り上がりを見せている彼らの傍らにいるロールはなんか変なご様子です。

いつもだったら、悪口を言っていた男を自分の代わりに殴ってくれたサタンに対し「よけいなことを」と文句を言うタイプなのですが……なんか固まってますね。

義理の妹のリホがそれに気が付きました。

「どうしたロール？」

「ぐぬぅ……」

ロールはどうやら素直にお礼が言えないようでものすごい困惑した顔をしています。

その表情を勘違いしたサタンは逆に彼女に謝り出しました。

「すまんロール氏、本当は自分で殴りたかっただろうに」

さらに自分のことを気遣って頭を下げるサタンに対してロールはもうどうしたらいいのか分からなくなり……

「お、おぼえときや！」

「ご、ゴメンなロール氏」

とまぁ言葉とキャラに困り、捨て台詞のような発言をするしかありませんでした。意味的には「この恩は忘れません、いつか必ずお返ししますね」というニュアンスでしょうが……意図を汲《く》み取れず謝ってしまうサタンもアレですが。

そんなラブコメな雰囲気漂う中、リンコは色々と思案していました。

「こんなのが演習で襲いかかるとなると……骨だねぇ」

「やっぱ中止にした方がいいんじゃないかボス？　こんなの投入されたらマジで戦争の開幕だ」

スルトの提案に言葉を返すことなく腕を組み考え込むリンコ。ブツブツと独り言を口にして自分の脳味噌《のうみそ》を整理している模様です。

「無理矢理にでも戦争の幕を開けるため、この鎧人形を使ってくるだろうね……対してこっちのカードは……」

「所長、無理にでもジオウ帝国につきあう必要はない、こっちの目的、スパイをあぶり出す件は済んだことだし」

サタンの言葉にリンコは首を横に振ってみせました。

「軍事演習は……決行するよ」

「いやいや、さっきのを相手にするのは確定だし、おそらく他にも兵器が投入されてしまう……被害を出さない為にも中止が無難だぞ。おそらく戦争の口火を切るために敵味方の被害などお構いなしにくるぞ」

サタンの提言をリンコは思うところ有るのか不敵に返します。

「戦争の幕開けになんか絶対させないさ、こっちの被害を最小限にして相手の兵器を速攻無力化して『相手の人的被害すら最小限荷とどめ』鎮圧してしまえば戦争とは言えなくなるだろう？　『ん、今何かした？　これが戦争？　まっさか～』ってな具合でとぼけてしまえばさ。この鎧人形を量産される隙《すき》を与える方がまずい」

「それができたら最高だが……」

理想論だと不安そうなサタンにリンコは笑いながら肩を叩いてあげました。

「この前も言ったろう、相手がこっちを出し抜いていると油断している時に相手の戦力を削《そ》ぐのが理想だと。状況は深刻になったが……こっちにだっているじゃないか」

「いる？」

「両軍被害を最小限に抑えての圧勝……そのキーマンはロイド少年！　向こうが鎧人形ならこっちは無自覚無双少年さ！」

確固たる自信を胸にしたリンコはウィンクなんか飛ばしちゃいます。

そして「なんか作戦を思いついたんだろうな」とサタンとスルトはぼやきました。

「この邪悪な笑み。まーた無茶ぶりするのかなウチの所長は」

「あぁ、ボスがゲーム感覚でミッション出す時の顔だ」

嫌な思い出でもあるのか、スルトはカメの首をもたげて嘆息します。しかし、そんな機微など意に介さずリンコは思いついた作戦を頭で描き楽しそうに笑っていました。

「やりがいあるじゃない、縛りプレイヤーとして燃えてきたよ。ベリーハードモードだけどノーキルノーダメージを目指すエクストラミッションにね！」

リンコはユーグとオンライン対戦でもしているかのように指をわきわきさせてやる気に満ちあふれているのでした。

同時刻。お城のとある一室。

そこでは衝撃のカミングアウトにうなされ続けているマリーがベッドで横になっていました。

よっぽどだったんでしょう、なんかもう感動の再会だったのに悪夢を見ているようなうなされっぷりです。

そばで心配そうにしているのは王様やフマル、クロム、カツ、コリンそしてロイド……

別に熱があるわけでも何でもないので濡れタオルを替えたりとかやることが無くロイドは手持ちぶさたのようですね。ただただウロウロしていました。

「あの、大丈夫なんですかマリーさん」

彼女を診たコリンが笑顔で答えます。

「命に別状はないで、ショックと知恵熱で寝込んどるだけや……まぁそうなるのも無理ないで」

コリンはそう言うと頭を掻きながら王様の方を見やっています。

「もう少し段階を踏んで教えるべきじゃったが……ワシ何か不安にさせるようなことしたかの？」

「うーん、皆目見当付きやしない」

「私もです」

王様にフマル、カツといったリンコの信者は一様に「俺何かしちゃいましたっけ」と唸ってしまいました。この人たち、無自覚でリンコのこと持ち上げまくっていたんですね。

「コレだもんなぁ……洗脳されていると勘違いされるほど過剰《かじょう》に保護していたって気が付かないもんかなぁ」

「心中察するにあまりあるでクロムさん、仕事はできる人間だから余計にな」

しっかりしている人のちょっとした欠点ってズバッと言いにくいですよね、目上だと特に。

とりあえず命に別状はないと安堵したロイドはその当の本人、リンコの所在を尋ねました。

「あの、ところでリンコさん……マリーさんのお母さんはどこへ？」

「所用でサタン氏やロールさんと一緒に外に出向きましたよ。何事もなければすぐに戻るはずですが……」

ちょうどその話題の最中に勢いよく扉が開きリンコが帰ってきました。

「噂をすれば何とやらだな……よぉ、首尾はどうだった？」

「じょー出来に決まってるさ、それより娘は元気かー⁉」

フマルの問いをさらりと流し未だうなされるマリーにリンコは頰《ほお》ずりします。

「うーん我が娘〜」

遅れてリホやサタンにロールも部屋に入ってきました……が入室早々いきなり頰ずりをするリンコを見て驚いてしまいます。

「いきなり頰ずりって……ほんまなんどすか？　その……マリーさんの母親って」

マリーが王女だと言うこともリンコが王妃だということもさっき聞いたばかりでいまいちピンときていないロールに対し、リンコはピースなんかして肯定します。

「そうでーす、おっかあさんでーす！」

さっきまでカミングアウトするのにウジウジしていた人間とは思えませんね、まぁ吹っ切れたら潔いタイプなんでしょう。

「そんな感じで唐突に母親だとカミングアウトしたからうなされたまんまなんじゃよ」

「その節はすんまっせん、勢いが大事だったもんで」

自然に土下座をするリンコ、その無駄のない所作に一同は呆れてしまいます。

そして半信半疑だったリホもその土下座っぷりを見てマリーの母親だと確信するのでした。

「この無駄のない土下座……マリーさんのお母さんで確定じゃねーか」

「なんでそんなんで確信できるんどすか」

まぁそうですよね、土下座で確信が持ててしまうのもどうかと思いますよね。

さて、リホさんにサタンさんも。ロイドが彼女にねぎらいの声をかけます。

「あ、リホさんにサタンさんも。課報部のお手伝いお疲れ様でした……大変でしたか？」

「ん？　まぁ珍しいもんが見れたんで面倒だったけど差し引きトントンってとこだな、なぁロール」

ニヤケながら義理の姉に声をかけるリホ。ロールは小声で「うっさいわ」と返すしかできませんでした。

彼女の珍しい挙動や立場が逆転していることを不思議に思う一同ですが……ロールは詮索するなと目で威嚇《いかく》し話を進めようとします。

「ええやろそれは、ほらリンコはん、王様に報告が大事やろ」

「おおそうじゃ、結果はどうじゃったリーンよ」

リンコはピースサインを王様に向けて口元を緩めました。

「カジアスとヒドラの二名はとっつかまえたよ。だけど」まぁ私の欲しい情報は少ししか得られなかったんでガッカリだけど。

「だけど？」

聞き返す王様。

「それと、やっかいなことが分かっちゃって……おっとそうだった」

ロイドが視界に入ったリンコは笑顔で彼に近寄ると肩をバンバン叩き始めました。距離感の近い上司みたいなノリです。

「ロイドしょ〜ね〜ん！　いいところにいるじゃな〜い！」

「あ、はぁ」

何事かと気のない返事をするロイドにリンコは上司か何かのような雰囲気を維持したまま辞令を言い渡すかのように振る舞い始めました。

「ロイド・ベラドンナ君。貴殿の補給任務は今日限りとするッッッ！」

「ええ？　そんな⁉　僕何か粗相しちゃいましたか⁉」

うろたえるロイドにリンコはあっけらかんとした表情で首を横に振りました。

「うんにゃ、なーんも」

サラッと言い切るリンコに困り顔のロイド、その様子を見てリホが詰め寄ります。

「リンコさんよぉ、ロイド困ってるからはっきり用件を伝えてやってくれ、こいつ冗談通じない時があるんでさ」

そんな彼女を見て「リホっちの言う通りだね」とリンコはさらにいい笑顔になりました。

コホンと軽く咳払《せきばら》いした後、真剣な表情でロイドに新たな任務を伝えました。

「ロイド少年、君には特別任務を与える」

「きゅ、急にそんな……いったいどうしたんですか？」

重要そうな任務に困り顔のロイドに対しリンコは実に緩い顔をしております。

そしてある作戦を満面の笑みで彼に告げたのでした。

「やってくれるね、ロイド少年」

「ハイ、でも……」

全てを聞き終わった後、何か困ったような顔をしてリンコに訴えるロイド。

「何かな？　なんでも言ってチョウダイな」

彼は意を決してリンコに伝えます。

「あの……保存食とかみんなに配る為のお弁当とか色々仕込んでいて……それを破棄してしまうのはもったいないから……できればそれは配りたいんですけど……いいですか？」

何を悩んでいるのかと思ったら、いつものロイドらしい言葉にリンコや王様、この場にいる全員が吹き出してしまうのでした。

第四章

たとえば対局開始前から自分の陣地に相手の駒が紛れていたような話

さて、そのリンコの元部下ことユーグはジオウの中央から離れ、前線基地の方に足を運んでいました。はい、ロイドが餌付けしたあの基地です。

滅多に姿を見せることのない中央の要人……しかも謎《なぞ》に包まれた曰《いわ》く付きの博士の登場に口ヒゲの上官とその部下たちは背筋を伸ばして出迎えておりました。

馬車から勢いよく飛び降りたユーグは出迎えた連中に軽い感じであいさつをします。

「君がここのまとめ役かな？　ボクはユーグ、よろぴく～」

想像した博士像とはかけ離れた少女の登場に面食らう前線基地の軍人たち。困惑しましたがその動揺を悟られないよう頑張って敬礼を維持していますね。

そのユーグは何か良いことでもあったのか非常に上機嫌でした。テンション高めで敬礼をつづける軍人たちの顔を覗《のぞ》き込みます。

「ん～なんか硬いね。楽にしていいからさ……んで、早速だけどお仕事の話は聞いているよね」

「あ、ハイ。アザミ軍の軍事演習に合わせて攻撃を仕掛ける件ですよね」

「うん、そうそう」

ユーグは笑顔で頷《うなず》くと小さな手で遠くの方を指さします。

「こっから数キロ先……高いところからならギリギリ肉眼で確認できる距離に布陣して演習をおっぱじめるらしいぜ」

「もうそんな情報まで……」

驚く上官に「まぁね」とどや顔のユーグは揚々《ようよう》と話を続けます。

「それに合わせて君たちには色々やって欲しい、今日はその最終確認に来たんだよ」

そう言われた上官は口ヒゲを撫《な》でながら困惑しておりました。

「あの……ところでこの前、補給物資などの件で一人の少年が直訴に向かったはずですが……」

上官の言葉をユーグは何やら馬車から荷物を下ろしながら話半分で聞いている模様です。

「んっしょっと……直訴？　何それ？　こっちの耳には届いていないなぁ」

「そ、そんな……じゃああの少年は……」

狼狽《うろた》える口ヒゲの上官とボロボロでもはや遺跡な建物を見やったユーグは犬歯を見せて笑います。

「補給ね……この奇襲が成功したらドーンと建て替えてあげるよ、なんたって前線だもの仰々《ぎょうぎょう》しく恐怖をかき立てる地獄の入り口にしたげるさ」

軽い口約束のような言い方。信用できないのとロイドの身を案じ上官は沈痛な面《おも》もちで下を向くしかありません。

そんな機微など意に介さず、ユーグは場所から下ろした荷物の梱包《こんぽう》を解いて子供のように見せびらかしだしました。

「こいつは新型自立起動兵器さ……まぁスイッチ一つで勝手に戦ってくれる人形だと思ってくれればいいよ……あぁ分解はしないでね、中身は企業秘密だから」

得体の知れない鎧《よろい》人形に「頼まれても分解しませんよ」と顔で反論する上官。遠巻きに整列している部下の軍人たちもその廉価ミスリルの怪しげな光沢に若干怯《じゃっかんおび》えています。

「この兵器を配置してくれればオッケー。あとはボクのスイッチ一つでバッタバッタと敵を切り刻んで肉塊《にくかい》にしてくれるよん」

物騒なことを言ってのけるユーグにこの場にいる一同の背筋が凍ります。

「はいコレ、敵の詳しい布陣が記された地図ね、みんなで共有して」

さらっと手渡される重要機密にもう上官は驚きを隠せず口をあんぐりさせるしかありませんでした。

そのリアクションすら楽しんでいるユーグはウキウキで独《ひと》り言《ご》ちるのでした。

「一番の懸念材料だったロイド君が後方支援の炊き出しとはね……くく、露骨にそれを強調してくるなんて。こっちの作戦がカジアスやヒドラ経由でバレちゃったみたいだね……だからってボクを出し抜こうなんて百年早いよ」

道理でさっきからテンション高いと思ったら、どうやら彼女は相手の作戦を看破したことに高揚感《こうようかん》を覚えているようですね。

しかし笑顔から一転、急にシリアスな表情になると犬歯をむき出しにしてギリギリと歯ぎしりを始めました。

「だったらそれを逆手に取ってやる。そして君らの希望の星ロイド君を目の前で、魔王でもモンスターでもない、同じ人間にぶっ潰《つぶ》させてやるよ……『神殺しの矢』でね――ねぇヒゲのおじさん」

「あ、はい」

ユーグは真剣な顔で上官に問いただします。

「この前のプレゼント、アレちゃんと使い方把握したかい？」

「………ハイ」

長い沈黙の後、小さく返事をする上官。怖くて触れてもいないなどとは口が裂けても言えません。

ユーグは深堀りすることなく用向きを伝えます。むしろこれが本題と言わんばかりでした。

「アレはある人物用の切り札なんだ、ここ一番で使えないなんてことのないようにね」

「ある人物……ですか？」

ユーグは懐《ふところ》から写真を取り出すとにやけながら差し出します。

「こいつの顔を見かけたら何とやら、おそらく出張ってくるであろうこの少年を見かけたら躊躇《ためら》わずに『神殺しの矢』を撃ち込んで欲しい。君たちの最重要任務はこれさ」

彼女がチラッかせる写真には見覚えのある柔和な笑顔の少年――ロイドの姿が写っていました。

まさかの被写体にジオウ前線基地の軍人たちは驚きのあまり言葉ができきません。

それを「こんな少年にあの兵器を？」という意味で驚いているのだと勘違いしたユーグは切々と、今まで何度も計画を邪魔された恨《うら》み辛《つら》みの感情も込めて計画の念押しをします。

「こんな少年一人にって思うよね。でもさ、この少年を人間と思っちゃいけないよ。こいつは……そうだなボクにとっての悪魔だ」

ただならぬ気配で言い放つ「悪魔」発言に思わず上官は反論しました。

「し、しかし……こんな良い子がジオウに害をなすとは――」

「違う」

「え？」

思わず良い子と口走ってしまう上官ですがユーグはその言葉を深く追及することなく……いえ、歯ぎしりしながら写真を睨《にら》みつけていました。

「話を聞いていなかった？　ジオウ帝国なんて関係ないね。こいつはボクの敵なんだ……こいつさえいなければアルカだって……何が努力を無駄にしない努力をしましょうだ、高々十数年生きた分際で百年以上生きているボクに口答えなんて……」

ロイドと対峙《たいじ》し、彼に言われた言葉が未《いま》だ引っかかっているのかブツブツと独り言を口にし始めたユーグ。

それは異様な光景、そして音でした。

メキィゴキィと骨が砕ける音。何事かと上官が音のする方を見やると、そこはなんとユーグの腕。

彼女が怒りのあまり力任せに握り拳《こぶし》を作り自分の骨を砕いている音でした。手の甲を突き破る血に塗《まみ》れた骨。さらにその手から徐々に白い体毛が覆い始めるではありませんか。

上官は息をのんでその様子を凝視してしまいます。

その視線に気が付き、やがて我に返ったユーグは舌打ちをしてその体毛をむしり取ります。努めて平然と振る舞う彼女、張り付けた痛々しい笑顔に汗が伝っていますね。

「……っというわけで諸々よろぴく～。あぁそうだ、これは戦争……躊躇うことは止めてよね。芋引いたらどうなっても知らないから。そのかわり彼を潰せたら君たちを元の役職に戻してあげてもいいよ。えーとなんちゃら小国の近衛兵《このえへい》だったっけ？　中央の近衛兵にしてあげてもいいよ、大出世さ」

脅しともとれる言葉と露骨なご褒美……わかりやすい飴《あめ》と鞭《むち》を言い残しユーグは馬車に乗って去っていったのでした。

取り残されたジオウ前線基地の軍人たちはロイドの写真を見て狼狽えています。自分たちがよく知っている柔和なあの少年が、直々にターゲットとして指名されたからです。

「悪魔ですか……あの子が……俺《おれ》たちを騙《だま》していたとか？」

だとしたら直訴が上に届いていないのも納得がいく――部下たちは顔を見合わせ「まさかそんな」と口々に話し合っていました。

上官も悩みのあまり口ヒゲを引っ張り続けていますね……そして、意を決したかのように部下たちに語りかけました。

「俺たちの取り柄《え》は何だ」

突飛なことを急に言われ部下たちは困惑してしまいます。

「えーと見張りをさぼって適当な報告をあげること……とか？」

「山を切り開いて斜面に畑を作るのは得意ですかね」

「大工仕事は得意になりましたよ」

一部メルトファンが喜びそうな返答をする部下たちに上官はこれ見よがしにため息を吐《つ》きました。

「人を見る目だ……ジオウ帝国が耳障りの良い言葉を使って我が国を吸収しようとしたとき、その胡散《うさん》臭さに警鐘を鳴らし続けただろう」

そんな過去があったんですね。昔を思い出した部下たちは沈痛の面もちで下を向いてしまいます。

「だから俺たちはこんな閑職に追いやられた、だが俺たちの判断は間違っていなかったと今でも思う。故郷はすりつぶされ王族がどうなったか詳しく知るものは周りにはいない……」

そして上官は熱のこもった演説を終えた後、「神殺しの矢」をしまってある場所を指さしこう宣言しました。

「俺は自分の見聞きしたものを信じる。つまりロイド君を信じる。『神殺しの矢』だか何だか知らないが得体の知れないものは使う気もない、この戦争も積極的に関わるつもりはない、今のジオウ帝国に命を懸ける義理はない」

無言の肯定。部下たちは全員真摯な目を上官に向けていました。それを受け上官は満足げに頷くのでした。

「あの変な『神殺しの矢』とかいうの怖いですもんね～この『鎧人形』ってやつもそうですが」

「ていうか、博士おかしくありませんでした？　あんな奴《やつ》の言うこと素直に聞けませんよ」

「確かに……そもそもロイド君一人を目の敵にしている時点でおかしいぜ」

「私怨って感じでしたね、しかしロイド君が心配だ……」

口々に心配や不満を言い合う軍人たち。偉い人間が帰った後ってこのアフタートーク盛り上がるんですよね。

さて、さっそくユーグの目論見《もくろみ》がまた一つ潰《つい》えたようで……この流れが今後いったいどう影響するのでしょうか。乞うご期待ですね。

さぁ、紆余曲折ありましたがついに軍事演習の日を迎えることになりました。

戦争が起こることを想定した訓練、しかもギルドも関与……まさに「アザミ王国総動員」の一大イベント。

まぁ身も蓋《ふた》もない言い方をすれば「金のかかった防災訓練」ですが様々な裏事情が交錯する今回の演習、一部の人間は非常にピリピリした雰囲気を醸《かも》し出しておりました。

特に例の「鎧人形」なるミスリルと魔王の力、そして人間の死体を用いた兵器の存在を聞かされたクロムたちにとって実際の戦争が始まるくらいの緊張が見え隠れしています。

「ほらクロムさん、めっちゃ顔こわばっとるで」

「おぉ、すまん」

コリンに窘《たしな》められクロムは顔をゴシゴシこすります。

事情を聞いたメルトファンやメナも「無理もない」と緊張するクロムに同情しました。

「私も例の『鎧人形』を見させてもらったよ……あのおぞましい兵器と戦うことになる可能性が高いのだからな」

「クロムさんの顔が四角くなるのもしょうがないというものだよね」

相変わらず茶化すメナにクロムは嘆息《たんそく》しました。

「四角いのは元からだ」

「とはいえ変に構えすぎると色々疑われるで。一部の人間をのぞいて今回はあくまで『演習中にイレギュラーが起きた』という演出としてジオウ軍の攻撃を処理せなあかん」

メナが糸目を開いてその無茶ぶりに嘆息しました。

「ようは一人も死人を出さずに敵さんの攻撃をくい止めろってことでしょ……王妃様はなかなか肝の太い人物だね、ごんぶとだ」

クロムも王妃の突飛な提案に驚いた口でしたが不思議と不安は無かったようです。

「だが、その任務を十分こなせる見込みはある……なぜなら」


「ロイド君だな」

「ロイド君やろ」

「ロイド君でしょ」


メルトファンたちも同じ気持ちのようで信頼を込め彼の名前を口にしました。

言い当てられちょっと顔を赤らめるクロムは軽く咳払《せきばら》いをします。

「コホン……あぁそうだロイド君だ。彼は実力もそうだが――」

「何かやってくれる、そんな感じがするんやろ」

その先の言葉もコリンに言い当てられクロムは頭を搔《か》くしかありませんでした。メナやメルトファンも彼の言葉では表すことのできないポテンシャルに頷いていました。

「あの子のおかげで、私はおかーさんと再会できたしね」

「うむ私もあの子のおかげで解放され農業と出会えた……そう人生観が変わったのだ。ただ強いだけでない、何か引き合わせてくれる力があの子に備わっている気がしてならない」

人生観が変わったとまで言い切る「農業との出会い」への感謝に呆《あき》れる一同でした。


さて、ではアザミ王国中央区以外はどうなっているのかと言いますと……場所によってまちまちでした。

比較的穏やかなのは住居ひしめくウエストサイド。こちらは避難経路の確認や万が一近隣の村々が被害に遭った際の仮設住宅や避難所の設営練習などを行っていました。防災訓練の雰囲気が漂っておりまして、上品なおばあちゃんなんか「どうしたの？　キャンプ？　松ぼっくりがあるとたき火の火はつきやすくなるわよ」なんて豆知識を披露してきたり大変和やかになっております。

逆にすごいピリピリムードなのはノースサイドです。国の玄関口で物流の要所でもあるここは中央区から運ばれる大砲や物資の数々を運搬するため交通規制がかけられている状態でして……物流を生業《なりわい》としている御者の方々はまぁイライラしております。

年度末の道路工事よろしく「税金の無駄遣いしているんじゃねー」とどやす方々も見受けられ、なかなかカオスな状態で……渋滞は人の心を荒《すさ》ませるんですね。

そんなヤンチャな物流の担い手たちの前には強面《こわもて》の軍人と冒険者ギルドの面々が睨みを利《き》かせています。

特に眼光鋭いのは冒険者ギルドの方々……しかも腰や背中に数々のモンスターを葬ってきた武器を携帯していまして……そうですね、例えるならまるで感情の濾過《ろか》装置のように「責任者ぶん殴ってやろうか!」とお怒りの御者↓冒険者ギルドの面々の前を通過↓「暴力はよくないよね」ときれいな瞳《ひとみ》になる……まぁわかりやすい手のひら返しを見せてくれていました。

さて、イーストサイドはというとある意味普段通りです。軍人が何度も往来するため、その度にいかがわしいお店の従業員は身を潜めやり過ごすという、誰も得しないステルスゲームが始まっているくらいです。その様子を肴《さかな》に与太郎たちが「頑張って隠れねーとつかまるぞー」なんてどやしながら昼間っから酒を飲んで……うん、いつも通りですね。

そしてサウスサイド――

市場や屋台、旗揚げ漁港を構えるここには海上警備の軍艦やフマル率いる海運ギルドの船の数々が寄港し、一般の漁船は少々肩身の狭い思いをしていました。

「すまねぇ、迷惑かけるぜ」

フマルは演習とは無関係の漁船を見つけては一つ一つにわびを入れ理解を求めていました。

こういうところが「アザミにこの人あり」と呼ばれる所以《ゆえん》なんでしょうね。

フマルは声をかけながら、自分のところの船と軍艦が並んでいる姿を目にし、思わず口笛を吹いてしまいます。

「ひゅう……絶景だな。俺んとこの船とアザミ軍の船が仲良く並んでいるなんざ一月前じゃ想像もしなかったぜ」

景気付けと言わんばかりに携帯している酒瓶《さかびん》をあおってから、フマルは感慨深げにその光景を眺めています。

「リーンの件といい……つくづく不思議な少年だぜ、あの子はよ」

フマルは酒を飲みながら軍艦の甲板でせっせと作業をしているロイドを見て目を細めていました。

「よぉ！　ロイド少年！　やっぱ軍なんか辞めて俺のギルドで働かねーか⁉　お前だったら大歓迎するぜ！」

「フマルさーん！　お酒飲んで冗談ばっか言ってないでくださーい！」

「おぉ、わりぃわりぃ」

まったく悪びれた様子無く謝るフマル。

そこにアザミ王とリンコが仲良く現れました。

「どうじゃ、船の様子は」

「んだぁ？　二人ともこんな時にデートかよ」

リンコは否定することなく「うふ」と笑ってみせました。

「ま、色気の無さすぎる光景だけどねー……で、実際準備の方はいかほど？　フーくん」

「あん？　俺を誰だと思ってるんだよ。ルートは確認済み、いつでも出航可能だ」

ニンマリと笑うフマルにリンコも王様も同じように笑いました。

「作戦通りに頼むぞ。しかし上手《うま》くいくかね？　……アイタ」

相変わらず不安な王様にリンコがデコピンで額《ひたい》を弾《はじ》きます。

「いくさ、勝手知ったる部下が相手だからね。遅れはとらない予定だよ。んじゃわたしはそろそろ現場に向かうわ」

不敵な顔で彼女はせっせと働くロイドを見やっているのでした。


そして時間は過ぎ、演習開始直前のアザミとジオウの国境付近。

岩肌が露出し乾燥している荒野の高台に、アザミ軍の大砲や軍人は一列に陣取りジオウ帝国の国境の方に肉薄していました。

そんなアザミ軍の布陣を双眼鏡で覗き込みユーグはほくそ笑んでいました。

「実に姑息《こそく》、実にわかりやすいね……ジオウ帝国の兵士たちを釣りだして後退、そして囲ったら袋叩《ふくろだた》きにするんだな……セレンちゃんやリホちゃん、アザミの精鋭をふんだんに投入して制圧する」

　ユーグはカードゲームをやっているかのように鎧人形の方を見やりペラッとめくる仕草《しぐさ》を見せました。

「そしたら鎧人形だ、混戦中にさすがの彼女たちもさばききれないでしょ。そしたら向こうもしびれを切らせてロイド君を投入するだろうね……」

　懐に忍ばせたロイドの写真を相手の手札に見立てて一人遊びを始めるユーグ。

「その時が彼の最後、恐怖の象徴『神殺しの矢』……魔王ならぬ人間の手でロイド君が殺される様を見てどう思うか想像に難《かた》くないね。これをもって悪の大国ジオウ帝国の完成さ」

　スパイを逆に利用して偽情報を摑《つか》ませたと見破ったユーグは自画自賛、ウッキウキで自己陶酔していました。

　そして頼まれてもいないのにダメ出しまで始めます、独り言で。

「だいたいさー連呼しすぎなんだよ『ロイド君は後方支援』って……それじゃロイド君を前線に投入する準備万端ですって言っているようなもの。警戒するなってのがどだい無理ってもんでしょ」

　そんなユーグの懐から音が鳴りました。彼女が笑顔で取り出したのは仰々しい感じの無線機です。

「ほいほーい」

耳に当て軽い感じで応対するユーグ。

無線からは通信機を扱うのが怖いのかおっかなびっくりな声が聞こえてきました。

「こ、こちら戦闘配置につきました。アザミ軍が肉眼で見える範囲です」

「よすよす、んじゃあ君たちは適当にやってね」

「て、適当でいいんですか？　我がジオウ軍に動く砲台に連射の凄《すご》い銃があるとはいえ」

「自走砲とマシンガンね。覚えといて」

ピシャリと訂正するユーグに無線の奥の声が震えます。

「し、失礼しました！」

「武器に慣れるつもりで存分に暴れなよ、鎧人形って奥の手もあるから大丈夫」

戦争を仕掛けるとは思えない軽い対応に無線の向こうの兵士の不安は募るばかりです。

「その鎧人形を配備しましたが……コレ大丈夫なんですか？　我々を襲ったりしませんよね？」

「君らが裏切らなかったらね。僕の言ったこと徹底しなよ」

「し、しかし……」

煮え切らない無線の向こうの軍人にユーグは次第にイライラを募らせました。

「あーもう！　グダグダ言っていないでいいからやれよ！」

「は、ハ――」

返事も最後まで聞かずブツリと乱暴に無線を切ると舌打ちします。

「チッ……どんだけすごい兵器を手にしているのか理解していないから不安になるんだよ」

ユーグは遠くにならぶ自走砲と鎧人形たちを、棚に飾ったフィギュアを眺めるかのように目を細めます。

「ボクの自慢の兵器たち……君らにはもったいない位の出来映えだ。これならセレンちゃんやリホちゃん、ロイド少年以外の連中だって無事じゃすまない。存分に傷つけあって戦争の火蓋《ひぶた》を切ってくれよん……そしてロイド君を殺せば――」

その時です、「殺す」という言葉を口にしたユーグの瞳孔が一瞬で開いてしまいます。続いて腕を押さえる仕草……例によって白い体毛が腕を覆い出します。

「――ボクはユーグだ。天才で才気あふれて理知的で、野蛮な本性などないんだ……認めるもんか」

発作のように息を荒くして自分に言い聞かせるユーグ。

しばらくして落ち着きを取り戻した後、彼女はまたアザミ軍の布陣に視線を戻しました。

ちょうどクロムらの号令によりアザミ軍が動き始めた頃合《ころあ》いでした。

ドン！　ドン！　ドン………

演習開始の合図の汽笛が鳴り響き、敵のいない荒野に一斉砲撃をはじめるアザミ軍。その砲撃練習があらかた終わった後を見計らいジオウ帝国軍の自走砲部隊が進軍してきました。

「いけいけ～、科学の力を見せてやれ～」

ユーグは野球観戦でもしているかのように楽し気に高見の見物をしているのでした。


「今頃自慢の兵器を眺めて自画自賛してるんだろうね～、あの子」

一方アザミ軍の陣地後方。そこにはリンコが軍師っぽくイスに座って様子を眺めていました。手にはなんか羽根っぽい団扇《うちわ》……軍師が采配を振るう時に使うようなアレです。

リンコは「いまです」と軍師っぽいことを言いながら指示を出しました。

「ほんじゃま、予定通り総員所定の位置までてったーい！　大砲なんて捨てて逃げるんだよ！」

彼女の指示に従いアザミ軍は蜘蛛《くも》の子を散らすように逃げまどいました。若干演技が下手な人間もチラホラ……あぁ、アランですね。

逃げまどう彼らに威嚇《いかく》射撃をしながらジオウ軍は侵攻していきます。

「安全な位置まで逃げたかい？　ではでは最初の切り札レッツラゴー！」

「よっしゃ旗振れ！　合図を出すんだ！」

カツの指示で軍旗を振るい始める冒険者ギルドの職員たち。

その合図に反応し、ジオウの自走砲軍団を挟むように地面から木の根っこが生えてきます。

そして荒野が割れ、地中から悪魔がごとく現れたのは……はい、アバドンとトレント二つの魔王の力を身に宿したことでお馴染《なじ》みミコナさんです。

「フハハハハハ！　アザミ軍士官学校上級生筆頭！　ミコナ・ゾルよ！　さぁ命が惜しくば無力化されなさい！」

相手を殺しちゃいけないのにこの発言、見事です。

登場の仕方がラスボスの彼女……しかし、いつになくテンション高めですね。しかもなぜか頰《ほお》を上気させ鼻息荒く……いったいどうしたというのでしょう？

「出番ですね軍師様！　どことなくマリーさんの面影《おもかげ》を感じる彼女の命令なら何でもできそうな気がするっっっ！」

あぁ、そういうことだったんですね。一目で見抜けるなんてさすがの一言です。

ハッスルマッスルなミコナさん、マリーと似ている部分のあるリンコの命令でやる気に補正がかかっているというわけでした。一言、ブレねぇなコイツ。

アバドンのイナゴの外殻と飛行能力――

トレントの木の根による生気吸収と捕縛力――

元から備わっている身体向上魔法「神速」の能力も相まって今の彼女は戦場を縦横無尽に駆け回るモンスターと化すのでした。

「あの子、ヤバくね？」

「ええ、ヤバイですね」

ミコナのハッスル具合にけしかけたリンコですらどん引きしていました。

そんな謎のモンスターの登場にジオウ軍はさらに困惑します、手にしたマシンガンの引き金も引かず狼狽えるばかりでした。

「な、なんだあの化け物は！！！！」

「落ち着け、ミコナだ！」

味方もハッスルミコナに混乱しかけていますね……まぁ致し方ないでしょう、だって今の彼女、めちゃくちゃ仕上がっていますから。

「マリーさぁぁあん！　バンザァァァァイ！！！！」

せめてアザミ王国に万歳しろと言いたいですね。

「く、くぉのぉ！」

彼女は抵抗しようとマシンガンを構えるごく少数のジオウ軍人を確認すると、彼らめがけ自慢の木の根で吊《つる》し上げてしまいます。

「ぎゃ、ギャァァァ！　き、木の根が！　化け物が！」

「黙りなさい三下《さんした》」

「ぎゃあぁ……ぁぁ……あふん」

叫ぶジオウ軍人ですがトレントの能力による生命力吸収に彼らは一瞬で無力化。

続いてミコナは自走砲の砲身やキャタピラめがけ触手を展開、次々と潰して機能不能にしていきます。

「もうあの子一人でいいんじゃないでしょうか……」

並みいる荒くれ者を束《たば》ねてきたカツも遠巻きにその様子を見て汗を滴《したた》らせる有様。しかしリンコは手を緩めません。

「まさにミコナちゃん無双、範囲絶大回復能力後の継戦能力高めのチートなプレイアブルキャラだけど……狙《ねら》いはノーミスノーキルパーフェクトゲームなんでね、第二の刺客を投入するわ！　合図お願い！」

動揺しながらも別の旗を振り合図を出す冒険者ギルド職員たち。

続いて現れたのは……フンドシのまぶしいあの男の登場です。

ミコナの木の根っこの隙間《すきま》を縫うように飛び交うはフンドシの前部分。

それは弾をはじきながら次々にマシンガンを縛り上げていくのでした。ちょっとしたホラーです。

「巻き起こせ！　農業旋風を！」

クワで荒野に割れ目を作り自走砲を無力化していくはメルトファンです、ベクトルの違う化け物の登場ですね。

「相手には極力傷を付けるな！　我々の目的は無力化！　この戦いを戦争の火種にさせないためにも！」

フンドシを尻《しり》に食い込ませ、声高にメルトファンが前線に降り立ち指揮をし始めました。威風堂々の元大佐、服さえ着ていれば完璧《かんぺき》なんでしょうけど。

「ま、また変なのが出てきたぞ！！！」

戸惑うジオウの軍人たち、無理もありません。アザミ軍の人間も内心同意していますから。

「トライディッショナル☆農業☆スタイルだ！！！　伸びよフンドシ！　天高くッッッ！」

伝統的農業スタイルと言い張るメルトファンのフンドシが不規則な動きをして伸び始め、我に返り次々と反抗しようとしているジオウ軍人たちを縛り上げんとします……ぶっちゃけ無傷じゃないですよね、フンドシで縛り上げられるなんて下手したら一生物のトラウマですもの。

「農業万歳！　農業……バンザァァァイ！」

お前もアザミ王国に万歳しろと言いたいですね。

魔王とコンロン産アーティファクト。この二人の力によりこの世界の水準を逸脱した兵器たちはその性能を発揮することなくどんどん無力化されていくのでした。

そんな彼らに続いて続々現れるは腕の立つ面々や——変態たちです。

「ヌハハ、メルトファンの兄貴がジオウ軍人たちをソフトに縛り上げている間！　我々はヒップでハードに時にキュートに敵の兵器を潰していくのだ！　太股でこうしてやれ！」

ハムストリングを強調して現れたのはアスコルビン自治領「拳の一族」の長、現在メルトファンに弟子入りしたタイガー・ネキサム（四十代）です。

ブーメランパンツに虎のようなマスク、筋骨隆々の体にオイルを塗ってテッカテッカに仕上げての参戦です。キレてますね。

「ヌハハ！　尻にでっかいカボチャ実ってんのかーい！」

セルフでボディビル的なかけ声をするこの男に同じ自治領のレンゲが白い目で見やっていました。

「久しぶりですが……相変わらずエレガントではありませんね、なんですかそのテカリ具合は」

「よくぞ聞いてくれた同志レンゲよ！　これぞ我が輩が丹誠込めて育てたベニ花油だ！　我が子の油を体中に塗ることでハムストリングがパンプアップしまくりである！」

油の用途がおかしいですねこの人は。

「まったく……せめてエレガントになるよう美容液でも塗りなさい……さぁ、無駄話は華麗にやめていきますわよ！　秘術！　蜻蛉《かげろう》！」

「うむ！　では参る！　秘術！　岩鳶《いわとび》……スーパァァァ！　ハァァァド！」

両手に構えた斧《おの》を投げ自在にコントロールするレンゲの秘術「蜻蛉」。

そして自らの体を鉄の塊《かたまり》のようにするネキサムの秘術「岩鳶」。

アスコルビン自治領に名を轟《とどろ》かせた二人の猛襲により自走砲は一瞬で解体されてしまいました。

面妖《めんよう》な攻撃に自走砲の操縦者はたまらず逃げ出します。

今度はセレンが前に出ました。

「逃げまどうジオウ軍人さんは放っておいて兵器を潰していきますわよ」

「この――！」

マシンガンを撃ち始めるジオウ軍人の攻撃ですが――

「私に銃は効きませんわっ！　ヴリトラさん！　カマン！」

「御意！」

呪《のろ》いのベルトのガードで全ての銃撃を防ぎきるセレン。その異様な光景に撃った軍人等は恐れおののいてしまいました。

「うっふっふーん！　私は無敵っ！　そしてロイド様は素敵！」

「まったくはしゃぎやがって、下手したら命なくなるっての忘れるな」

悪態つくリホにフィロが小声でささやきます。

「……なんだかんだでリホは心配性」

「ば、なわけねーだろ！　さぁ仕事仕事！」

全力でごまかすリホにフィロは小さく口元をゆるませ笑います。

「隙《すき》ありぃぃ！」

まだ元気なジオウ軍人がマシンガンを構えフィロを狙います……が。

「……遅い」

フィロの手刀から繰り出される斬撃でマシンガンは一瞬でバラバラになってしまいました。

例えるならまたつまらぬものを切ってしまった状態ですね。

「すげーなフィロ！　また力加減が上手くなったんじゃないか？　どんな練習したんだ？」

「……微調整は……事務作業で培《つちか》った……私もビックリ」

「事務ねぇ、そりゃ意外だぜ」

世の中何が機能するかわかりませんね。

そんな驚くリホの後ろから高飛車な声音がかけられます。

「ほらリホ、ぼーとしていないでウチラも仕事しますえ。自走砲は魔法部隊の仕事どすから」

ロールのせっつくような仕草に彼女は面倒くさそうに頭を掻きます。

「まったく人使いの荒い……アーハイハイやりますよ」

元同僚のコリンと元部下のメナがリホに同情のまなざしを向けました。

「勝手に仕切りよってあの蛇女」

「あはは、ロールちゃんは相変わらずだなぁ」

「あぁやって事実上仕切って自分の手柄にするねん、学生時代からいーっつもや」

二人の会話を耳にして威嚇するロール、まさに蛇のようです。

「仕切るだけやあらへん！　仕事もしますえ！」

ロールはそう言いながら氷魔法を駆使し自走砲の砲身やキャタピラを次々に凍結させていき

ました。

「ほれ、続きや！」

「わーったよもう……オラァ！」

ロールたち魔法部隊の手によって自走砲は次々に機能停止。戸惑うジオウ軍人は逃げまどうしかありませんでした。

その軍人を木の根っこで縛り上げながらミコナは高らかに笑います。

「アーッハッハッハ！　強い武器を持っても士気がなければ無価値よ……その辺私はすごいわ、だって最後までマリーさんの愛でたっぷりだもの」

勝ち誇るミコナさん。たっぷりすぎて味方も恐怖しているんですが、まぁそれは今はスルーしてあげましょう。

戦況はアザミ軍が優勢……というより蹂躙《じゅうりん》、両軍人的被害もゼロ。

兵器の性能を発揮できずに戸惑っているジオウ軍を見てリンコは笑みを浮かべています。

カツもつられてほほえみました。

「大勢決まりましたね」

「いやいや、まだ最初の段階だよ。たぶん相手は自慢の兵器を使いこなせない軍人たちにちょっぴり苛《いら》つきながら『こうなることは想定済み』なんて言っているだろうさ」

「と、いうことは……」

「第二波、鎧人形の投入、こっからが正念場だね」

さて、そのころのユーグはというと。

「ふ、ふふん。こうなることぐらいは想定済みさ」

リンコの読み通りの行動に出ていました。ここまでくるとお見事ですね。

そして面食らい機能不全に陥《おちい》った自分たちの駒に恨み節を口にするのでした。

「まったく性能を発揮できなかったのは正直しゃくだけどさ、見事な札の切り方だったよ。クロムとかいう人かな？　それともロクジョウ出身のロール女史とか？」

彼女は気付いていないようです。まさかそれが自身の元上司であるリンコことリーン・コーディリア所長だったなんて。

加えて「士気」という概念を全く理解しようとしていない基本独りよがりな研究者だった彼女は超兵器をもって無敵であるはずの部下が及び腰であることが理解できないことでしょう。

「まぁいいさ……まぁいいさ、まぁいいさ……本命は鎧人形だからね！」

ユーグはコントローラーのような物を取り出すと強気に微笑《ほほえ》みました。

「ジオウ軍の後方に待機させてある鎧人形。君たちは大規模な戦争にしないために両軍の人的被害を抑えようって考えだろうけど、そうはさせないぜ！　コイツ等を起動させ敵味方諸共蹂躙する！」

ユーグの策略。

鎧人形を使いアザミもジオウも関係なく次々に襲わせ戦場を混乱させること。

そして、その全てをアザミ王国の責任に仕立て上げ戦争のきっかけに無理矢理にでもすることでした。

「大惨事が起こった後、アザミ軍のカジアスや武器商会ギルドのヒドラの責任にしてしまえば……事実はどうあれ戦争は免れないぞ、どうだ！」

犬歯をむき出しにしてコントローラーのスイッチを押すユーグ。

刹那《せつな》、後方に控えていた鎧人形たちが次々に起動していきました。


「リーン様、例の人形らしき物が起動し始めました」

その様子を読んでいたかのように双眼鏡で注視していたカツがリンコに進言します。

「きたね！　第二のあーいず！」

リンコが振るう羽根の団扇に反応し諜報《ちょうほう》部員が花火を空へ打ちあげます。

ポポンと打ちあがるカラフルな花火を見てアザミ軍の軍人たちの顔色が変わりました。

「いよいよ本番だね～」

「せやな、鎧人形ってやつやろ」

メナとコリンの会話にクロムが神妙に頷きました。

「軍師様曰く敵味方問わず襲わせ無理にでも戦争の言いがかりにするつもり……と読んでいる」

フンドシをたなびかせるメルトファン。

「ここが正念場……ここからはジオウ軍もかばいつつ戦う……」

そんな彼にリホが軽い感じで笑っていました。

「だーいじょぶっしょメルトファンの旦那」

「ぬぅ、どうしたリホ・フラビンよ」

「そうですわ、だってこっちには」

「……最高の切り札の登場」


さて、自分が鎧人形を起動させたと同時に打ちあがった花火を見てユーグの脳裏に嫌な予感が走ります。

「なんだ、こっちの動きを見透かしたようなあの合図……もしやロイド少年をもう投入するのか⁉」

想定以上の早い対応に狼狽えるユーグですが首を横に振り不安を振り払うしぐさを見せます。

「鎧人形で両軍見境なしに攻撃する策も読まれていたと考えるべきか……しかしアザミ軍の後方から飛んできてももう遅い！　鎧人形はジオウ軍の後ろから、味方もろとも殺戮《さつりく》するんだ！阿鼻叫喚《あびきょうかん》地獄絵図！　第三勢力の乱入！　乱戦！　戦争回避なんて到底できるわけが――」

ユーグが希望的観測を口にしたその時でした。

「――エアロ！」

「――――ッッッ！！！　何だって！！！」

ロイドが現れました……「ジオウ軍の前線基地」からです。

「な、な、な……」

ヘルメットがずれ、白衣が肩からずり落ちるほど呆《ほう》けながら――

「なんでそんな所にいるんだよあの子はぁぁぁぁ！！！」

絶叫するユーグ。無理もありません、味方の陣地に敵のエースが潜伏していたのですから。

加えて失礼かも知れませんが「あの」ロイドです、人を騙すなんて到底できない、潜入なんて器用な作戦はもっての他《ほか》なあの少年が敵の陣地にいたのですから。

後ろから進撃しジオウ軍諸共攻撃しだす鎧人形。

戦争の火種にはさせない、両軍の人的被害を出さないアザミの目論見を潰すユーグの戦略。

しかし思いも寄らなかったでしょう。そのさらに後方にしれっとロイドがスタンバっていたなんて。

こちらの行動全てを、劣勢となったら味方もろとも危害を加える――そこまで見抜いていたことにユーグは理解ができず歯を軋《きし》ませます。

子供のように苛立《いらだ》つユーグ。指を目の下に食い込ませるほど強く手で顔を覆って落胆しています。

「自走砲の対処も完璧、ボクの動きも読まれている……もしや……所長か？　――あぁ!?」

逡巡《しゅんじゅん》する合間にも目の前では自慢の鎧人形たちがジオウ軍後方からロイドの手により次々と破壊されていったのでした。


さて、では時を少しばかり戻しましょう。

時間は演習当日、ユーグが前線基地からいなくなり、ジオウの軍人たちが不満やグチで盛り上がっているその時でした。

「あ、どうもお疲れさまです！」

さきほどユーグに「悪魔」とまで言われた少年の登場に一瞬驚く口ヒゲの上官。

しかしすぐさまその毒気のない笑みにつられて笑うのでした。

「お、おぉロイド君。今日はどうした？」

「あ、はい。今日はお台所の水回りを直しながら軽食でも作ろうかと思います」

「上官、やっぱこの子がジオウの敵だなんて思えませんよ」

「いい子だ、とてもいい子だ、娘の婿にしたい」

ちなみに上官の娘さんは四歳です。目に入れても痛くない一人娘の婿にオッケー、これがどれだけとんでもないことか……話を戻しましょう。

いつもと変わらぬロイドの様子を見て上官と部下たちは小声で話し出しました。

「あとロイド君、この様子じゃ」

「アザミ王国に戦争を仕掛ける話は聞いていないようだな」

そんな日に来てしまい何とも間が悪い子だなと思うと同時に「この子を危険な目に遭わせたくない」という決意を共有したのでした。

「今から待避させるのもかえって危険だ、下手に混乱させないためにも普段通り接しよう」

「そうですね、何かあったら俺たちが全力で守りましょう！」

頷きあう前線基地の大人たち。普段の仕事をしている時より良い顔をしていますね。

「しっかしユーグって博士は何を考えてあんなことを言ったんですかね？『神殺しの矢』とかいう物騒なネーミングセンスの物をあんな少年に使えだなんて」

上官は楽しそうに料理を始めるロイドに視線を送るとヒゲをなでました。

「あの博士、悪魔だとか言っていたが俺たちには神、いや天使だな」

「「「「同感です」」」」

「あんな子に向けろだなんて碌《ろく》でもない代物だろう、しまっておいて正解だ」

「そっすね、触れるのも怖い感じでしたし……まぁそれを言ったらあの鎧人形とかいうのも大概ですけど」

上官は制作者であろうユーグのおかしな挙動を思い出すと気を抜かないよう部下たちに命じます。

「こっちに襲ってこないよう注意だけはしておけよ。あの博士――」

上官の台詞《せりふ》を遮《さえぎ》るように遠くから腹の底に響くほどの大砲の音が轟きました。アザミ軍の演習開始の合図です。追ってジオウ軍の自走砲が大地を駆ける音……

「始まりましたね」

「あぁ」

上官と部下は急いで監視塔の方に向かうと見張りの軍人に尋ねました。

「様子の方はどうだ⁉」

見張りの軍人は何とも言えない表情で上官たちの方に顔を向けます。

「なんだその顔？　何が起きているんだ！」

「スゴいです！」

「語彙《ごい》をどこに捨ててきた⁉　もう少し具体的に状況を説明しろ！」

部下は上官と戦況を交互に見やり時折目をこすったのち、意を決して報告するのでした。

「具体的に申し上げますと、女の子から延びる木の根っことフンドシ男のフンドシによって我がジオウ軍の兵器が次々と破壊されていっています」

「……」

無言で部下の顔を見る上官。嘘《うそ》を吐《つ》いているのかという呆れた表情です。

しかし監視塔にいる別の軍人たちも口をそろえてこう言い始めるのでした。「木の根っこ女子とフンドシ男が無双しています」……と。

「上官！　さらにパンツいっちょのムキムキテカテカマッチョマンが尻で自走砲を潰していきます！　……俺の精神は正常ですよ、念のため」

「じゃあ目だな、眼科に行け……にしても理解が追いつかないが、ジオウ帝国が劣勢であることは間違いなさそうだ」

ジオウ帝国への忠誠が薄れに薄れた前線基地の軍人たちはどこか他人事《ひとごと》のようでした。上官も同じ気持ちで自分とロイドの安全だけを確保しろと指示を出そうとしたその時でした。

ヴ……ヴゥン……

何の前触れもなくいきなり鎧人形たちが稼働し始めます。頭部の怪しく光るモノアイセンサーをせわしなく動かし索敵を始めているではありませんか。

自分たちの目の前で展開される異様な光景に戸惑うばかりの前線基地の軍人たち。

そして照準が、彼らに合わさります。

モンスターと目があった時のような感覚に襲われ後ずさるジオウ軍人。

「お、おい。これってもしかして……俺たちを敵と思ってるんじゃないだろうな」

さすがのジオウ前線基地の面々も鎧人形の強襲に困惑しています。

「上官⁉　かってに例の人形が動き始めていますけど……これって俺らを襲い始めようとしていませんか⁉」

「どういうことだユーグ博士……やはり胡散臭いと思っていたが……ぬぅ？」

——何事もなければね
ユーグの言葉が上官の頭を急によぎり、次の瞬間彼は大声で叫びます。

「いかん！　全員撤退だ！　中央は俺たちを殺してアザミ軍のせいにして戦争の言いがかりにするつもりだ！」

切羽詰まった上官の叫び。

その時、何とも間抜けなラッパの音が遠くから響きわたり——

「あ、合図だ」

その音に反応したロイドがエプロンで手を拭《ふ》きながらひょっこり現れたのでした。まるで回覧板を受け取りに玄関に出た主婦のような雰囲気。全く場にそぐいません。

「あ、それは……」

「ろ、ロイド君⁉　危険だ！　早く逃げ——」

上官が鎧人形の凶刃からロイドを庇《かば》おうと身を投げ出そうとしたその時でした。

「あぁこれがリンコさんの言っていた動くダミーなんですね」ボゴン（笑顔で破壊する音）

「え、えぇぇぇえ……」

　はい、いつものロイド節が炸裂《さくれつ》です。

　笑顔で殺戮の鎧人形をスクラップにするロイドに、この場にいる一同は唖然呆然《あぜんぼうぜん》とするしかありませんでした。

　そんな彼らの前で繰り広げられるロイドの鉄屑業者レベルの廃棄作業。エプロンを畳んだその手で一体一体確実に潰していくから驚きです。

「でもいいのかな、こんなしっかりとした作りのダミーを二度と使えないようにしてしまって……作った人泣かないかな」

　現在進行形で泣いていますよ。「バカー」といつものように嘆《なげ》きながら。

　驚くジオウ前線基地の面々に顔に飛び散ったオイルの類《たぐい》を拭《ぬぐ》い笑顔のロイド。これ返り血だったらとんだホラー演出ですね。

「実はこのお人形さん、演習のサプライズだそうです！　演習だからって気を抜かないようにびっくりさせるためのだって……僕が倒す任務になっていますのでご安心ください！　それそれ！」

「さ、さぷら……おわぁ⁉」

いとも簡単に鎧人形をへし曲げ、粉砕し自慢のエアロで一掃するロイド。

「さ、サプラーイズ……」

上官は口ヒゲをいじるしかないみたいです。自分の想像を超える光景を目の当《ま》たり《あ》にすると人間って普段の行動しかできないみたいですね。

「よっし！　さぁ次のダミーを倒さないと！　じゃあ僕これで失礼しますね！　終わったらまた挨拶《あいさつ》に来ます！」

「え、あ……あぁ……うおぉ⁉」

意気揚々と今度はエアロをまとい宙に浮き始めるロイド。風圧に身構え飛び行かんとする彼に
「ろ、ロイド君……君はいったい……」

「僕はリンコさんから指示をもらって来ました。『アザミ王国士官学校一年生筆頭』ロイド・ベラドンナです！」

「あ、アザミ……士官候補生？」

「はい！　立派な軍人になれるよう日々お勉強の毎日です！　今日も頑張ります！　では！」

そう笑顔で言い残すとロイドは今まさに両軍に刃を向ける鎧人形たちに向かって文字通り飛んでいったのでした。

呆ける上官。二人のやりとりを聞いていた部下が驚いた様子で彼に近寄りました。

「上官、あの子……アザミの士官候補生だったんですか⁉」

空を飛んだことより仲良く話していたのが嘘だったのか……そっちの方面でショックを受けているのがらしいっちゃらしいですね。

上官は口ヒゲを引っ張ると言葉を返します。

「彼が俺たちを騙していたと、そう言いたいんだな？」

「なわけないでしょ！　今まさに助けてもらったのに！　ただちょっと頭が混乱しているだけです！」

上官は「俺も一緒だ」と微笑み返します。

「そうだな、真意はわからんが助けられたのは事実」

「きっとな、アザミだとかジオウだとかそう言う範疇《はんちゅう》に収まる人間じゃないんだ、あの子は」

まぁ空も飛べますしね、いろんな意味で収まらないでしょう、あの少年は。

「じゃあアレっすね、陳腐な言い方になりますけど俺たちの『英雄』って奴ですか？」

「――ああ、そう言われたらしっくりくる」

もう豆粒ほどになった彼の後ろ姿を見やる上官は――

「ありがとう、ロイド君」

彼がアザミであろうと何だろうと関係なく、自然にお礼を口にしていたのでした。

去り行くロイドに対し、彼の素性や本心は分からずとも、ジオウ前線基地の面々は全員自然と敬礼をしているのでした。

いきなり襲い掛かってきた味方の兵器である鎧人形に困惑するジオウ帝国軍。

しかしそれをアザミ軍の軍服を着た少年が颯爽《さっそう》と登場し助けてくれるものですから……ジオウの軍人たちは混乱を通り越してきょとんと呆けるしかありません。

「さぁ！　ロイド殿が来た！　俺たちも負けずにあの鎧人形を撃破するんだ！」

遠くで活躍する師匠分の活躍を目にし鼓舞するアランに盛り上がるアザミ軍一同。

ミコナも負けじと触手をブンブン振り回します。

「ロイド・ベラドンナだけにいいかっこさせないわよ！」

「ミコナちゃん、ジオウ軍人の保護と無力化が最優先やで！　後々遺恨が残らんようにやで！」

「大丈夫ですよコリン大佐！　ちょっと生命力吸っただけでグダグダ言わせません！」

「頼むでホンマ……」

急に襲い掛かってきた自国の兵器鎧人形。

その強襲をアザミ軍が守ってくれるという状況に反抗の意を示していた少数のジオウ軍人も次第に無抵抗になっていきました。

その様子をリンコは満面の笑みで見届けていました。

「ぬふふ。ユーグちゃん、付き合い長い方だから分かるんだ、君は相手の作戦を読み切って潰したうえで勝利したいタイプだからね……だから——自分の想像を超えた、理外の発想に滅法脆《めっぽうもろ》い。まぁロイド君がジオウの前線基地に受け入れられて堂々と敵陣で待機できてたなんて思わないだろうしね」

ユーグの特徴。

相手にマウントをとれる手段があったら、優先的にその手段を選択するタイプ。

頭の中でシミュレーションし、その通りに事が動くのを幸福と感じるタイプ。

そして神経質で計算が狂うと他人のせいにして狼狽えるタイプ。

「ゲームで例えるならさ、自分が満足いくまでリセットは当たり前、オンラインならちょっと劣勢になっただけで回線切断したりするプレイヤーなのよね」

リンコが羽根付き団扇を適当に振りながら語る言葉に律儀に相づちを打つカツ……ただゲームの例えにピンとこず生返事でした。

「はぁ……さすがの読みです、リーン様」

無理して返事をしたカツに笑いかけると彼女は戦場に視線を戻し、そしてリンコは寂《さび》しげな表情を覗かせるのでした。

「……そういう弱い部分があるから付け入れられたんだろうね。あの人、エヴァ大統領にさ、『自分が背負った罪をリセットできる機会を与える』とか言われて」

手にしたコントローラーをぶん投げたユーグは、それだけでは収まらないのか壊れて飛び散った破片を執拗《しつよう》に蹴《け》飛ばし続けます。

「バカ！　クソ！　こっちの手が読まれているってレベルじゃないぞ！　ロイド君や腕の立つ連中を効率よく扱って完封されているじゃないか！」

ハァハァと肩で息をしながら毒を吐き続けるユーグ、勝利を確信した後の落差に目はうつろです。

「これじゃ戦争の火種にもならない……もっとお互い傷つけ憎しみ合わないと……」

勝負にすらなっていない戦場。一方的なゲームを見せられているプレイヤーのような心境の彼女は「どうして」と歯ぎしりと共に戦慄《わなな》いていました。

「分析に長《た》けた奴がアザミにいたのか？　アルカか？　……いや、アルカなら直接叩きにくる。こちらの手札という手札が完全にバレている……やっぱり所長……いや急にそんなワケ！」

相手の堂々とした戦いっぷりを見てさらに腹を立てるユーグは再度壊れたコントローラーの破片を蹴飛ばします。

「相手と比べてこっちの兵隊は浮き足立っている……武器を投げ出して逃げやがってバカッ！

お前等なんかより貴重な代物なんだぞ！　これだから飲み込みの悪い無知な人間は……」

　ユーグは憤りを通り越し絶望したようにへたり込みました。

「そして『神殺しの矢』だ……なんで使わない⁉　至近距離だぞ⁉　ロイド少年の強さを見て日和《ひよ》ったのか？　それともあの子がまた何かやったのか⁉」

　ご名答。言い方悪いですが、まさか餌付けしていたとは思わないでしょうね。もっとも本人にそんな打算は毛頭無いのですが。

　とまぁ強力無比な兵器を前に混乱しているところを人型《ひとがた》の自立兵器で攻撃すれば統率は崩壊、たとえロイドやアルカが遅れて駆けつけたとしても阿鼻叫喚の地獄絵図は免れない……と考えていたユーグ。

　ですが現実は真逆もいいところ、自分の手にする近代兵器を信用できず味方である鎧人形に恐怖し出す始末……ユーグはその状況を「信じられない」と何度もボヤきます。

「何でだよ……普通に考えりゃ戸惑うわけないだろ……」

　そう、彼女はいわゆる「何でもできる人間」なのです。

　それ故《ゆえ》「理解できない、ましてや理解しようともしない」人間のことが理解できない……矛盾をはらんでいることに気が付けないのが欠点。リンコはそこを突いたようです。

「クソ……クソ……」

　キュム――キュム――

「自信家で短絡的。ある意味御しやすい……コーディリア所長が評価したとーりね」

かつてリンコが所長時代にそう評していたことをボソリと口にしながら背後から近づく影に驚き、ユーグは勢いよく振り向きました。

「誰だっ」

「私だっ」

おどけたポーズで即答したのはウサギの着ぐるみを着ているイブでした。

山の中腹に似つかわしくないテーマパーク的な出で立《いた》ちの彼女にユーグは戸惑いを隠せません。

「い、イブさん⁉　なんでここに⁉」

「こまけーこたぁいいんだよぉ……って言うじゃない」

着ぐるみの中身はどんな表情をしているのか皆目見当の付かないイブですが、そこはかとなく「怒り」や「落胆」そして「呆れ」の色が言葉の端々から滲《にじ》み出ているのが分かります。

研究所時代、新興国の大統領エヴァとして何度も顔を合わせたユーグだから分かる「彼女の失望のサイン」にユーグは背筋を凍らせていました。余談ですがそういうお怒りの予兆を醸しだし「直接言う」のではなく「悟らせる」方が怖がらせるのには効果的なんですよね。

研究所時代からの付き合いで「悪いことをした」「怒られる」と刷り込まれている彼女は少しへりくだりながらもう一度なぜここにいるのかを尋ねなおしました。

「あ、いや……こんな時に来るなんて何か急用があったのかなって心配で……」

「この状況、あなたが心配する側かしらね」

ピシャリと言い切るイブの振る舞い。全てを見透かされているその物言いにユーグはしかられた子犬のようにしょげました。

「うぅ……」

そのタイミングを見計らいイブは今度はおどけてみせます。

「さて、打つ手はあるのかな？　なーいのーかなー？」

煽《あお》るようにピョンピョンとユーグの周囲を飛び跳ねるイブ。

ユーグは観念したように白旗を揚げようとしました。

「な、ないです――」

「あるでしょ」

白旗を遮るように否定するイブ。「真剣」と「おどけ」、その緩急の付け方にユーグはだんだん自分の意志が弱くなっていきます。

「い、イブさん……でも今回は……」

肉薄してくるイブにのけぞりながら反論するユーグ。

「あるでしょ、凶悪無比なこの場にいる誰もが歯が立たないような隠し玉が」

しかしイブは淡々と言い切りました。まるでそれしかないような言い切り方です。

「え、でも……今手持ちにある兵器は全部出し尽くして……魔王の奴とかは研究所に戻ってからじゃないと……それじゃ手遅れですし……」

言い訳じみたことを言い出すユーグの肩を優しい上司のようにイブはポンと叩きました。優しく、優しくです。ただし、表情は例によって分かりません。おそらくは左遷を言い渡したかのように冷酷な顔つきでいることでしょう。

そして彼女は朗《ほが》らかに告げます。

「いるじゃない、ココに」

「ココ……？　ってまさか⁉」

言葉の意図が分かった瞬間、青ざめるユーグ。彼女の気持ちなど知ったことかとイブはゆっくり頷くのでした。

「そう、ロイド君の邪魔をものともしない……いえ、ロイド君を再起不能にすることもたやすいであろう『ドワーフの魔王』ことレナ・ユーグ……その第二形態が火を噴く時がきたのよ！　時はキタ！　それだけだっ！」

第二形態——今の人の姿でいるのが仮に第一形態とするならば、スルトのように人間の姿を捨て魔王の力を存分に振るえることができるようになるのが第二形態です。

だったら最初から第二形態になればいいじゃないかとみなさんお考えでしょう。でもユーグにはなにやらできぬ理由があるらしくイブの発案を拒みました。

「待ってよ……それはちょっと……」

「ん？　なぁに？」

あくまで優しく、子供に対するような態度を崩さずにいて……その実は主導権を握っている
イブの振る舞いにユーグは弱々しくなっていきます。

「ボクは……未だに第二形態を制御できていないんだ」

「ほうほう、えーそうなの」

初耳と言わんばかりにわざとらしく驚くイブ、着ぐるみの耳をピコピコ動かしおどけています。

片や神妙な顔つきのユーグは彼女のおどけに反応することもなく言葉を続けました。

「知ってるでしょうイブさんも。アルカもボクも第二形態の力が強すぎて理性を失っちゃうの。

ボクなんて記憶を取り戻すまで獣のような生活を……」

イブは着ぐるみの耳をほじりながら「そだねー」なんて気のない返事を返します。

「イブさん!!　それにボクはトラウマなんだ！　あんな太い腕に毛むくじゃらの体！　知性の
ない姿！　腹が減ったら鹿とかイノシシをそのまま食べて……思い出すだけでも……」

どうやら魔王として過ごした日々や姿が余りにも「自分の理想」とかけ離れていたためトラ
ウマになっているみたいですね。

そんな彼女の訴えをかーるくスルーし、イブは淡々と言葉を紡《つむ》ぎました。もうおちゃらけた
動きなどいっさい無くだらんと腕をたらし、ホラー感あふれる出で立ち……道路の角を曲がっ

てこんなのがいたら子供だったら泣いちゃいますね。

「では質問です……何年もかけた『恐怖のジオウ帝国による世界の科学力向上プラン』今それが水泡に帰す状態になっているのだけど、起死回生の作戦はお持ちですか？」

ユーグは弱々しくなりながらも反論します。

「ま、まだだよ！　ジオウ帝国は世界を恐怖におとしめる器として十分に価値がある」

「ここでミスって、なんでまだそんなこと言えるのかなぁ」

嘆息混じりで呆れてみせるイブはユーグのおでこを指でつんつんしました。

「よく見なさいな。あなたの手先、ジオウ帝国の人間を……他者を圧倒できる兵器を持ちながら、その兵器にビビっているじゃない。対してアザミ軍は相手の戦力を把握してもなお臆することなく戦いを挑んでいる……それは今回たまたまなのかな？」

「それは……」

「足りなかったのよ、恐怖の象徴が。やらなきゃやられるという刷り込みに必要な……ね」

「恐怖の……象徴……」

「そうね、象徴のいないジオウ帝国に対し、アザミには象徴がいる。いうなれば『希望の象徴』。あなたの嫌いなロイド君がそれなんでしょうね」

ごっつい兵器を抱えながら逃げまどい、自走砲から飛び出し我先に降参する自国の兵士たちをユーグは瞳に焼き付け呆然としていました。

イブは淡々と続けます、まるでそれしか道がないように洗脳しながら――

「足りなかったのよ、恐怖。やらなきゃ殺される、得体の知れない非人道的な兵器を手にしても相手を殺そうとする意志……恐怖の象徴たるジオウ帝国として近隣諸国にアピールするのはよかったけど肝心の手下を恐怖で縛れなかったのは痛いわね」

と、一回落とした後イブは優しく持ち上げます。

「でも大丈夫。今、このタイミングで武器を放り投げ逃げまどう連中を踏みつぶし『逃げずに戦え』とうなり声をあげれば……そしてあなたがロイド君を殺してしまえば全て誤差の範囲に収まるわ」

「ボクが恐怖の象徴に……」

「できるわよね、死んでいった者たちのために報いようとしているのは痛いほど分かるもの」

「ボクは……」

催眠状態のように同じつぶやきを繰り返し始めるユーグ。怒られすぎて泣きすぎて疲れた時の心理状態です。

そこをすかさずイブは駄目押しします。優しく救いの言葉のように自分の都合のいいように仕向けるのです。

「今ならまだ間に合う、戦わなかったらどうなるか、ジオウに刃向かったらどうなるか、あなたが恐怖の象徴として示しをつける絶好のタイミングよ」

「ボクが……」

「暴れなさいレナ・ユーグ。胸の内に秘めた怒りをぶちまけるの。ここで全ての努力を無駄にしては死んでいった文明や人間を見捨てるも同義よ」

「努力を……無駄にしない為にも……無駄にしない努力を……」

だんだんと自分の誘導する方向に傾くユーグの精神にイブははやし立てるよう煽ります。ハイハイ歩きの子供にこっちよと手を叩き誘導するお母さんのようにです。

「そうよ、そうそう、その意気よ。努力やあなたがやりたいこと、何年も何十年も何百年も無駄にするのは嫌でしょ」

もうやるしかない——選択肢を制限され視野が狭くなっていることに微塵《みじん》も気が付かないユーグ。

ある種の強迫観念に背中を押されながら切羽詰まった彼女はゆらりと立ち上がりました。

「やる……やるんだ……そうだ認めさせなきゃアルカに、ボクがすごいこと、正しいことを」

「そうよ～、頑張ってユ～グちゅわ～ん」

フラフラとロイドのいる戦場へと足を向けるユーグ……彼女の背中を見送ったあと肩を揺らして腹を抱え、終いには笑い転げました。

「心もろいなぁぁぁ！　結局ドライに物事を見られないのよね！　だから研究者としてのこの程度が限界なのよ」

彼女はひとしきり笑い転げた後すっくと立ち上がり着ぐるみに付いた泥を払うと落ち着いた声音で独り言を言い出しました。

「政治家には絶対向かないわね。目的意識が貧相だもの……大のためには中も小も特大も切り捨てなきゃダメだというのに……その辺割り切れていたアルカちゃんの方が優秀ね」

最後に、イブはユーグに手向《たむ》けるように言葉を言い残します。

「誰かに認められたい――なんてふわふわした目標なんて抱えるのは論外なのよ。私やアルカちゃんを見習わなきゃ……あぁあとコーディリア所長もか」

イブはそれだけ言うと、戦いの行く末を特等席で見るために山の頂上へとキュムキュム歩いていくのでした。

そんな一幕があったことなど知らないロイドは最後の鎧人形を倒し一息ついていました。

「これで全部かな？　いやー手ごたえあったなぁ。やっぱ本格的な演習って授業とはひと味もふた味も違うや、お金かかってるんだなぁ」

あくまで演習の敵として鎧人形を倒し続けていた、さすがのパワー&勘違いっぷりを発揮したロイドは一仕事を終え額の汗を手の甲で拭っていました。

「ふぅ……さぁどうしよ。ひと段落着いたし皆にお疲れ様ですのお茶でも――」

そう考え歩き出したロイドのところに――

――ズズン……

「な、なんだ？」

異形の怪物が空から降ってきました。

大地に降り立ち土埃《つちぼこり》が巻き上がるその場所を目を凝らしてみてみると、そこには大きな骨……俗に言うバイキングヘルメットを被《かぶ》っているような頭部に獣のような鋭い犬歯、全身は青白い体毛に覆われている怪獣がいるではありませんか。

丸っこい目に丸みを帯びたボディ、丸太を無造作にくっつけたような二本の腕と……アンバランスさは子供の工作を彷彿《ほうふつ》させるシルエットでした。

ゴリラ、もしくはビッグフット……一世を風靡《ふうび》したＵＭＡのような風貌《ふうぼう》に酷似していますがロイドには分かるはずもありません。

「も、モンスター⁉　騒ぎに乗じて野山から下りて来ちゃったのかな？」

そんなロイドをどことなく冷ややかな目で巨軀《きょく》の獣は見やってきます。

そして……人間のように舌打ちすると毒づいてみせたのでした。

「アイッ……かわらずハラだたしいね」

「え？　この声、もしかして……」

聞き覚えのあるボーイッシュな声に思わずロイドは反応してしまいます。

彼の答えを待たずに、白い体毛の怪獣は振り向きながら自己紹介を始めました。

「そうさ、ユーグだ」

「や、やっぱりその声……どうしたんですかその姿⁉」

ロイドの質問に答えることなく、ユーグはズッシズッシ歩きながら彼に壊された鎧人形を指でつまみ上げました。

「本当に腹立たしい……君が、君さえいなければもう少し上手くやれたよナニモカモ」

「どうしたんですか？　まさか新手の――――」

「コスプレしている最中に騒がしいから文句を言いに来たわけじゃないからね！」

「コス――あ、そうなんですか」

ロイドの思考回路を読み切っているユーグはウンザリと言わんばかりの嘆息をします、野太いため息でした。

「ボファァ……軍事演習に乗じて戦争を仕掛けようと思ったのにコレだもんなぁ……よくもまぁこうも簡単に人が作った高性能の鎧人形を壊してくれたモンダ！」

ドン！　――バキィ……

苛立ち混じりで八つ当たりするかのように鎧人形の残骸を殴り飛ばしたユーグ。

その太鼓を叩いたかのような衝撃音と残骸が遠くの木々をなぎ倒す様を見てロイドは総毛立ち構えました。

「……っ⁉　すごいパワーだ……」

「いい顔だよ、この姿にならないとその表情を引き出せなかったのが残念で仕方ないね」

ユーグはそう言い切った後、何かの衝動に駆られたかのように突如ロイドめがけて跳躍、太い腕を振り下ろしてきました。

丸いボディが予備動作も無く弾丸のように飛び跳ね、ロイドは一瞬反応が遅れてしまいます。

かろうじてガードをしたロイドですが魔王の、それも第二形態の攻撃を持ちこたえることはできず、先ほどの鎧人形のように吹き飛ばされてしまいました。

「うわぁ！」

何とか空中で体勢を立て直し受け身をとる彼にユーグは太い指をコキコキ鳴らしながら語ります。

「油断しすぎだ、ボクは君の敵、ジオウを陰で操《あやつ》っている、君のお兄さんの元仲間だ」

「そ、そうだったんですか」

初耳と言わんばかりのロイドにユーグは緊張が解けがっくり肩を落としました。

「そこも知らなかったのか……ちゃんと説明しろよショウマ……ほんとアルカ関係の連中は腹立たしい……まぁいいやそれも今日でオワリダシ」

言葉終わりにまたもユーグは跳躍しロイドに追撃を始めます。

殺気も何も込められていない、まるで挨拶するかのように繰り出されるユーグの攻撃。

「くぅ！　エアロッ！」

ロイドはさすがに二回も同じ攻撃は食らうまいと今度はエアロを駆使して避けきります。

そのまま空を滑空した彼は全体重を乗せて拳を振り抜きました。

ゴッ！　という大きな音と空気が振るえる音。

ロイド渾身《こんしん》のストレートによろけるユーグ……ですが、それだけでした。

「おぉう、さすがだね」

「そんな⁉」

驚くロイドにユーグは心外そうな声を出します。

「何を驚いているんだい？　ボクは本気を出した第二形態で魔王で加減のできないこうなるのは当たり前ダロ！」

言葉のつながりが要領を得ず、思ったことをただただ口にするような不明瞭な発言……そして言葉終わりに急に癇癪《かんしやく》を起こしたような子供のようにロイドを叩きました。

感情の流れや機微が読みとれず彼は無防備に地面にたたき落とされてしまいます。

そして工事で使うのコンプレッサーが如《ごと》く、二本の大きな太い腕で地面に突っ伏すロイドの上から地団駄を踏み始めるのでした。それは大きな地割れが生じ土煙が立ちこめるほど。

そしてとどめと言わんばかりに最後は大きく腕を振りかぶり地面をぶん殴るのでした。

怒濤《どとう》の攻撃にロイドは弾けるように真上に飛び上がります。

「マダマダ！」

追いかけるようにユーグは跳躍。そして両の腕でロイドを掴むと握りつぶし、地面めがけて投げつけるのでした。

「ぐあぁぁ！」

エアロであらがうこともできずロイドは乾いた地面に投げつけられ、ついには地面に埋もれてしまいました。


「戦況はどうだ？」

場面変わってロイドが飛び去った後のジオウ帝国軍事前線基地。ジオウ軍人の面々は鎧人形の残骸を片づけ、監視役の軍人は戦況を見届けるべく見張り台に上り双眼鏡を覗き込んでいました。

「やはりジオウ帝国側は例の鎧人形の暴走で浮き足立っています……しかしアザミ軍が鎧人形を無力化してくれているので被害は最小限にくい止められている模様です」

「アザミは全て見越していたということか……」

自軍諸共大混乱させ戦争の引き金にしたいジオウ帝国に対しアザミの「ジオウ帝国の軍人も守る」という選択……国力だけでなく上に立つ者の器の大きさに感服するしかないようです。

「やれやれ……ところでロイド君の方は大丈夫か？」

「そ、それが。ロイド君の活躍で周辺の鎧人形はあらかた片づいているのですが……突如現れ

た巨大なモンスターに苦戦中です。いや、モンスターって言っていいのかアレは……」

歯切れの悪い見張りの軍人。他の双眼鏡を覗いている軍人と顔を見合わせては首をひねっています。

じれったくなった口ヒゲの上官は部下の双眼鏡を借りて覗き込みます。

双眼鏡のレンズの先では巨大な獣と化したユーグと彼女に翻弄《ほんろう》されるロイドの姿が……上官は思わず声を上ずらせました。

「ッ！　あれはモンスターじゃない、魔王だ」

「「魔王！！！」」

驚きの声を上げる部下たちに口ヒゲの上官はジワリと滲む汗を拭いながら説明します。

「聞いたことがある……大陸北部の森の奥に住み、たまに人里に現れては家畜を襲う『ドワーフの魔王レナ』。言い伝えじゃ『救世の巫女《みこ》アルカ』に伏され、それ以降ドワーフは知性と技巧を手に入れたと言われている」

「く、詳しいっすね上官」

「ガキの頃ばあさんにおどされていたからな……言われた通りの兜《かぶと》に体毛だ、そうとしか思えない。大丈夫かロイド君は……俺たちにできることは……」

口ヒゲの上官はロイドを案じながら、目の前で猛威を振るう魔王に身をすくめるしかありませんでした。

ユーグが頑《かたく》なに「レナ」と名乗らず「ユーグ博士」と自分を呼称させる理由がこれでした。

知性の欠片《かけら》もなく野を駆け木々をなぎ倒し野生動物が如く暴れまわり……最後にアルカの手によって大人しくさせられるという民間の伝承――

世界が変わり果てても劣等感を刺激されユーグの悪意が加速した一因でもあります。

「腹立たしいなぁ……今度こそ、新しい世界でアルカより上に立とうとしたら一部の地方で変な伝承作られてさ……まぁ知性なく暴れていたのは事実だけど、アルカも大差なかったぜ……人の努力を凡人のせいで無駄にされるのは実に腹立たしいなぁ」

丸い眼光でロイドを見下すユーグ。

圧倒的な力の差……そして今まで出会ってきた他の魔王とは一線を画するユーグの強さにロイドは手も足も出せません。

埋もれた彼に対しユーグはポツリポツリと語り出します。

「前さ、努力を無駄にしない努力が大事とか言っていたよね、偉そうに。今となってよく分かる。その通りだと思う。今の君無駄だと思う。そして大事だ、このままボクの理性がなくなっても恐怖の象徴としていることができたら無駄ではなくなるのだから、イブさんが何とかしてくれる……ボクは世界の恐怖の象徴だ……この世の中をめちゃくちゃにしてゴメンなさい……文明を無くしてしまってゴメンなさい……報いるから、犠牲になった人全員に報いるように

「――」

「まだだっ！」

もうろうと語り出したユーグの隙を突き、ロイドは気力を振り絞りながら反撃しました。

ゴスッという鈍い音。

その一撃で目が覚めたようにユーグは目の焦点を合わせます。

「まだ動くのか？　少年、差は、歴然だろうに」

ロイドは臆することなくユーグに向かって鋭い眼差《まなざ》しを送ります。

「よくわかりませんが！　言っていることとやっていること……何かやけになっていませんか⁉　間違っていると思います！」

「ナンデサ」

短く返すユーグにロイドは語気を荒らげ悲しい顔をしました。

「だって！　すごい悲しい顔をしているから！」

「そんなの！　ボクが一番！　知っているんだよ！　バカッッッ！」

葛藤を振り払うようにロイドを殴りつけるユーグ。彼は再度地面に埋もれてしまいました。

「ハッ！　結局君の取り柄は説教とあきらめの悪さだけだな！　あの村で最弱の君じゃ覆らない戦力にとっとと絶望しなよ！」

吐き捨てるように地面に埋もれているロイドに勝ち誇るユーグ。

しかし地面に埋もれながらもロイドは呻《うめ》くような声で反論しました。

「確かにボクは村で一番弱かったです――でも、ちょっとは……ちょっとは強くなったんですよ！」

「地面に埋もれながら強がられてもね……」

呆れ果てるユーグ、しかしロイドはかまうことなく、そして自分に言い聞かせるように言葉を続けていました。

「一番強くなった部分……そう胸を張って言えるのは……心根なんです！」

ロイドはそう言い切ると地面に埋もれながらも手だけを出し、渾身のエアロを解き放ちます。

吹き荒れる暴風はまっすぐユーグに襲い……かかることなく、空へと向かい遥《はる》か上空に漂う厚い雲に穴を開けただけでした。

どこをどう見ても不発。一瞬ドキッとしたユーグですがすぐさま平静を取り戻し、大きな手のひらを上に向け肩をすくめました。

「まったく、確かに悪足掻《わるあが》きをするようになったと考えれば心は強くなったかもね、無駄だけどさ」

穴の開いた雲を見て心底呆れきったユーグはロイドへと視線を戻し吐き捨てるようなセリフを口にするのでした。

「さて、名残《なごり》惜しいけどもうお別れの時間だ」

ちょうどその頃、セレンたちアザミ軍は鎧人形の無力化に勤《いそ》しんでいました。鎧人形を倒しジオウ軍も保護する……味方である鎧人形には襲われ倒すべき相手に守られて、ジオウ帝国軍は目に見えて混乱しています。大人しく保護される者もいれば暴れる者もいて……まぁ暴れる人は全員ミコナの餌食になるんですけどね。

「さぁ無駄な抵抗はやめてアザミ軍の超新星ミコナ・ゾルに保護されるがいいわ！」

生命力を吸ってめっちゃ肌艶《はだつや》がよくなっていくミコナ……こりゃもう二十四時間戦えますね。

「すいませーん、落ち着いてください。アタシらは怖くないんでね」

ハッスルするミコナを尻目に苦笑いしながらリホはジオウ軍人を保護していました。

「い、いやでも……後ろ、後ろのアレ魔王じゃないか？　変なベルトの女も――」

「あれは無視してください――うおっと！」

リホが真顔で対応している頃、はるか上空の雲に大穴が空きました。突風か何かで抉《えぐ》られたその光景、すぐさまロイドが何かやったと察します。

ベルトをみょんみょんさせながらセレンは遠くを見やります。

「アレはロイド様のエアロですわ！」

「あぁ……ってことは何だ？　向こうでドンパチやってんのか、あんなでっかいエアロを使わなきゃなんねー何かとよぉ」

リホの言葉に反応したフィロがじっと目を凝らし――驚きの声を上げます。

「――ッ！」

「どしたフィロ？　らしくねー反応だけど」

「……師匠、ヤバい奴と戦っている……ものすごい巨軀の獣……ピンチ」

普段表情を声や顔に出さない彼女にセレンとリホは顔を見合わせます。

「フィロさんが動揺しているということは」

「魔王のお出ましかよ」

相手はジオウ帝国――ユーグなら魔王を出してきてもおかしくない。ロイドには荷が重いかもと彼女らは逡巡しました。

「どうする、加勢に行くか？」

「愛《いと》しい人のピンチですわ、何か行動を起こさなくては！」

「……ん！」

そんなリホたちをフンドシ姿のメルトファンが制します。

「案ずるなお前たち！　我々は我々にできることをするべきだ！」

フンドシを食い込ませながら熱弁をふるうメルトファンにベルトに憑依《ひょうい》したヴリトラが同意します。

「うむ、彼の言う通りだセレンちゃん。ここは自分の仕事を――グエ！」

「何おっしゃるんですの！　ピンチはチャンス！　好感度を上げる絶好の機会ではありませんか！　たとえそれが魔王相手でも！」

戦場でもブレない乙女《おとめ》セレンに一瞬で蝶々《ちょうちょう》結びにされてしまうヴリトラ。それを近寄ってきたアランが咎《とが》めます。

「仕事しろベルト姫……それによ、こういう時の切り札はスタンバってる話を忘れたのか？」

ヴリトラも細くなった声で同意します。

「そうです我が主……あいつらに任せましょう……そしてほどいてぇ……」

メルトファンも頷くと、目を細め、フンドシをたなびかせてロイドたちが戦っている方を見やるのでした。

「エアロはロイド君なりの合図だ。なら彼らに任せれば大丈夫だろうさ……あのコンビならな」

遥か上空、ロイドたちの元に迫る漆黒《しっこく》の影を見やり、安堵《あんど》の表情と共にメルトファンは口元を吊《つ》り上げるのでした。


「最後だ……ふん！」

気合いとともに筋肉が収縮するユーグの腕、血管がはちきれんばかりに膨れものすごい力が込められているのが分かります。

その腕を振り下ろしとどめを刺そうとした……次の瞬間でした。

上空を何かが飛来する気配を感じ、ユーグは上を見あげます。

「なんだ――⁉」

「気が付くのが遅いぞユーグ氏！！！」

「燃やすぜベイベー！！！」

襲いかかる炎の塊。ユーグはすぐさま攻撃を取りやめ太い二本の腕でガードするしかありません。

続けざまに振り下ろされるは漆黒の翼を持つ獅子による爪《つめ》の連撃。

耳に残る重い風切り音と共に振り下ろされた攻撃に鮮血をほとばしらせながら飛び退《の》きました。

「君たちか。小者のことなんてすっかり忘れていたよ」

ひどく冷静な、さほど驚いた様子のないユーグの目の前には……ロイドを守るように立ちふさがる第二形態のサタンとスルトでした。

スルトはカメの口をカパカパさせながら陽気にしゃべり出します。

「いやー俺の炎のおかげだな！　感謝していいんだぜロイドボーイ！」

「何を言うかスルト！　ここまでお前を運んだのは俺だしアイツが退いたのも俺の攻撃だろうに！」

「はぁ⁉　オメーの普通にやったらぜってーガードされるテレフォンパンチが当たったのは俺

の炎のおかげだろ⁉　それに俺は頑張ればもっとすげー炎を出せんだぜ！」

「それやったらロイド氏が地面で蒸し焼きになってしまうだろ！」

いきなり漫才を繰り広げる元同僚の二人に対し、ユーグは苛立ちを隠せません。

「来て早々悪いんだけど漫才するなら帰ってくれないか」

サタンは首を横に振ります。

「悪いが断るよ、せっかくロイド君にお呼ばれしたからね……こんな時の為に身を潜めていたんだよ」

「――――ッ⁉　さっきのエアロは狼煙《のろし》かよ……最後まで腹立たしい」

忌々《いまいま》しげに地面に埋もれているロイドの方を見やるユーグ。

ロイドは泥だらけになりながら朦朧《もうろう》とした意識の中ブツブツ呟《つぶや》いています。

「……僕には……頼れる人がいる……だから全力でぶつかれる」

意識が混濁しても諦《あきら》めない前向きなロイドにユーグは大きく舌打ちをしました。

「チッ！　ったく、ボクが出張るのを待ち構えていたなんてけったいなファンもいたもんだ」

サタンの頭に乗っかっているスルトが茶化します。

「ロイドボーイの諦めの悪さは師匠似か？　お前は叶《かな》わぬ恋に対してだったけどよぉ」

「純愛だ、そっちこそ勘違いはやめた方がいいぞ。相手が困っていたじゃないか」
※キャバ嬢の話です。

不毛な恋愛話を蒸し返し、やれドンペリいれた本数は俺の方が多いだのアフター云々《うんぬん》と騒ぎ続ける二人にユーグは丸い瞳を鋭く尖《とが》らせ歯ぎしりをしていました。

「あいっ変わらずヒドいね、ろくでなし同士の実りのない話はさ……夜の町で気分転換なんかしてボクみたいな天才の苦悩は分からなかっただろうね」

ユーグの言葉に、サタンは不敵に笑い返して見せました。

「ちょっとは分かっていたぞ、天才さんの苦悩……超天才を前にして悪戦苦闘していたのはね」

「……ふん」

アルカとの関係とは直接言わないサタンにユーグは悪態をつくしかありません。

サタンは当時の先輩「瀬田成彦《せたなるひこ》」として思い返すと言葉をつづけました。

「仕事のできる生意気な後輩、レナ・ユーグ……ただ、ここまで、こうなるまでこじらせてしまうとは思わなかったよ」

スルトも他班の先輩トニーとして頷きます。

「この暴走、止めるのが先輩の筋ってもんだな！　んでもって二対一、こっちが有利！　頭冷やせば俺らの話を聞いてもらえるかもよ。エヴァ大統領が――」

「聞く気ないね」

振り払うように腕を振り回すユーグ。

サタンは巨軀を翻《ひるがえ》して宙に舞うと影による攻撃を繰り出します。「夜の魔王」サタンの十八番《おはこ》です。

実体化した影が刃と化してユーグに襲いかかりますが——

「負けるか！！！」

彼女は白い体毛を逆立てると硬質化させ、攻撃を全て防ぎきりました。

「こんな芸当ができるのか⁉」

ユーグは口元を歪《ゆが》めニヤリと笑うと口を大きく開きました。

突如、轟く雄叫《おたけ》び。

獣のような咆哮《ほうこう》に影の刃は全て吹き飛ばされてしまいました。

たまらずスルトが悪態をつきました。

「ったく誰だよ、こっちは二対一で有利だとか言った奴！　この時点で差があるじゃねーか！」

「お前だスルト！　脳味噌《のうみそ》までカメになったのか⁉　——ってウォォォ⁉」

ユーグの雄叫びはただの雄叫びにあらず……収束された音の塊は空へ逃げたサタンに襲いかかり、瞬く間に飛行不能になった彼は地面に墜落してしまいました。

獣のような体軀《たいく》のユーグはゆっくりと落下した二人の元に余裕たっぷりに近づいていきます。

「ある仮説を立ててたんだ……あの時、あの場所、研究所の周囲十数キロの範囲内にいた人間がいわゆる「魔王」と化した……」

自分の肥大した腕や手のひらを見つめながらユーグは続けます。

「しかしごらんの通り個々による力の差は歴然、さらに平常時と第二形態時もパワーアップの差に違いがある……他にもボクなんか魔力がほとんど無いけれど君たちは魔力が潤沢にある……この差はなぜか、ボクは考えたんだ」

「くっ……興味深いね……」

立ち上がりながら強気の姿勢を見せるサタン。

「魔力は『夢』……すなわち『夢想する力』で本来あり得ない現象を引き出している魔法というのに作用していると考えるとしっくりくるんだ。ボクはこの世界のきっかけを作ってしまった現実を知っているし元々の気質もリアリストだから魔力が乏しい」

「まぁ言いたいことは分かるぜ妄想たくましいドリーマーが魔力が高いってんならな」

「そして第二形態の力の差は『日頃抑え込んでいるものの差』だね、欲望全開の君らやアルカと比べたらボクの平常時と第二形態のパワーアップの差が段違いになるのも納得だろう」

サタンは体勢を立て直しながら肩をすくめてみせます。

「抑えているねぇ、そうは思えないがそういうことにしておこうか」

「抑えていたさ……アルカに対する思いや……この世界に対する……獣のように生肉を食らい野を駆けたこの毛むくじゃらの体も……ボクの本性……獣だもん、失敗するさ……世界をこんな風にしてしまう人間の駄作……」

なにやらブツブツと言い始めたユーグにサタンたちは困惑してしまいます。

「ヘイッ！　セタ！　マズいんじゃないか？」

「ここまで強いとは予想外だった、さぁどうするか……ロイド氏をつれて逃げ出すのがいいか……」

ロイドを救出しようとして機を窺《うかが》っているサタンたち。そうこうしているうちにユーグの理性はどんどん失われていっているみたいです。

「下手に理性を残すと魔王の最大限の力は引き出せない……アルカを超えるにはもっと獣のようにならなければ！」

どんどん筋肉が膨れ上がっていくユーグにサタンたちはやめるよう声をかけます。

「やめるんだユーグ氏！　アルカみたいに欲望ダダ漏《も》れみたいになったら救いがないぞ！」

「そうだぜ！　白い目でちょいちょい見られて！　尊敬や尊厳から何フィートも離れた存在になっていいのか！」

「え？　ワシそこまでやばい奴かえ？　ロイドを前にすると理性は吹っ飛ぶタイプじゃが」

「なに⁉」

誠に心外である。そんな声音と共に上空から飛来する隕石《いんせき》。

灼熱《しゃくねつ》の岩の塊はユーグを直撃すると、衝撃波で地面がめくれあがり岩肌が露出するほどでした。

　ユーグは交通事故のように回転しながら吹き飛ばされますが腕を地面に突き立て踏ん張ります。

　せき込み睨みつける先には……アルカの姿がありました。

「どうじゃ、隕石をぶつけて少しは冷静になれたかの？」

「アル……カ⁉」

　ユーグは彼女の姿を目にしたとたん言葉を交わすこともせず指で空気を弾き彼女を攻撃します。いわゆる「指弾」というやつですね。

　象の足ほどの腕から繰り出される空気の塊でアルカを狙い撃ちますが、彼女は闘牛士が如くひらりそれらをかわしました。

　指弾の風圧に顔を覆うサタン、彼の前にアルカは飛来すると苦々しい顔をしました。

「なんじゃ、先輩が二人そろって後輩に遊ばれおって」

「アルカ氏⁉　なぜここに？」

「そりゃあここまでドンパチやってたら気が付くわい……まぁマリーちゃんが倒れたと聞いてお城に向かったら演習なんぞやっておると聞いたからの、ロイドの晴れ姿を見に来たら……この有様はちと驚いたがの」

　変わり果てたユーグを見て鋭い相貌《そうぼう》を向けるアルカ。

何も言ってこないユーグに対しアルカは嘆息するしかありません。

「まったく、その姿は制御が利かないからなりたくないと、あれほど言っておったくせに……」

「アルカちゃんは知っているのかい、ユーグちゃんのあの姿を⁉」

スルトに聞かれアルカは神妙に頷きました。

「大昔のことじゃ、アレを止めるのは骨じゃぞ……ワシですら死にかけたからの」

「ヤバイじゃん！」

口をあんぐりとさせるスルト。しかしアルカは「安心せい」と不敵に笑ってみせました。

「大丈夫じゃて、ワシも研鑽《けんさん》を積んどるし……何より当時と違い守るべきロイドという存在ができたからの。負ける気はさらさらないわい」

自信に満ちた笑顔ですが味方ながら寒気がしたのはロイド溺愛《できあい》を隠そうともしていないからでしょうね。萌《も》えを超えた新機軸、げにおぞましき何かですから。

サタンは漆黒の体毛を逆立てながらアルカを見やっていました。

「いやはや、一方的な愛だね……セレン氏とどっこいどっこいだよ」

むしろ数ヶ月で百年以上こじらせているアルカに迫ったセレンを讃《たた》えるべきでしょうか？

世が世なら権威ある賞でも受賞し大成したんでしょうねあの娘。

ユーグはやる気十分といった雰囲気で立ち上がると雄叫びを上げました。

「さぁアルカ！　こうなったらお互い決着をつけようじゃないか！　ボクが上だ！　ボクを見

るんだ！」

ユーグは息を吸い込むと強靭《きようじん》な肺活量で声を吐き出しました。

まるで分厚いトラックのタイヤが破裂した時のような衝撃。

「こりゃたまらない！」

サタンは二人の戦いに巻き込まれないようにたまらず上空へと避難しました。

しかし、なぜかアルカも一緒にサタンの背中にのっていました。

「ちょ、アルカ氏⁉　何で一緒に、ていうか引っ付いているの⁉　俺も狙われちゃうでしょ⁉」

「大の大人が狼狽えるでないわ！」

無様に逃げた、そう思ったユーグは高笑いしながら指弾の釣瓶撃《つるべう》ちです。

「アッハハハ！　狙ってくださいと言ってるようなものだよ！　アルカぁぁぁぁ！」

圧縮した空気による砲撃のような指弾をサタンが何とか避けますがバランスを崩し今にも落ちそうな状態です。

「このままじゃヤバいって！　何だよアルカちゃん！　研鑽積んだから大丈夫って言っていたのに！」

「何を言うか！　こんなピチピチ幼女と快適な空の旅を楽しめているんじゃぞ、もっと喜ばんか！」

「幼女ってのは見た目より中身が大事なんだよ！　ロリババアは新ジャンルなんだ！　ていうか快適じゃねー！」

ごもっともなご意見です。

「ぬぅ、ここで再起不能になるまでどついてやりたいところじゃが……そうも言ってられんのぉ。二人とも耳を貸せ」

ごにょごにょと作戦を指示するアルカ。それをユーグは悪足掻きとほくそ笑んで見やっていました。

「何の相談しているか知らないけどさ、無駄だと思うんだけどなぁ」

第二形態のせいか元々の気質か……気を大きくしているユーグは呆れたと言わんばかりに肩をすくめオーバーリアクションをしてみせます。

しかし情緒不安定なのでしょう、余裕たっぷりな態度かと思いきや痺《しび》れを切らせ指弾を撃てる構えをとります。

「ふん、何をしようとしても無駄だ！　さぁフィナーレといこうじゃないか！　ってオヤオヤ？」

その時です、上空でサタンの頭に乗っているスルトが口を大きく開き火球を作り始めました。

「こいつは……特大級だぜぇ……ぬぉぉぉぉ」

膨れ上がり続ける火球、それはもう一つ太陽ができたかのように地面を照りつけます。

「そんなデカいのブツケようとしても簡単に避けられちゃうけど？　それとも何？　干からび

させようとでも言うの?」

ユーグの問いかけを無視し、なおも火球を大きくさせ続けるスルト。

そしてそれを解き放つこともなく、サタンはゆっくりとユーグの周りを旋回までし始めました。意図が見えず彼女は苛立ちを隠せません。

「なに、嫌がらせ? やる気がないならもう終わらせるよ……うん?」

火球をまぶしがりながら目を凝らしサタンの方を睨みつけるユーグですが……その時、気が付きました。

サタンの背中に引っ付いているはずのアルカがどこにもいないことにです。

「何⁉ アルカがいないぞ⁉ どこだ⁉」

陽動による奇襲。火球に注目させどこからともなく攻撃を仕掛けるつもりだと考えたユーグは辺りを見回し警戒します。

しかし、いっこうにアルカらしき姿が見えません。

「なんだよ、もう奇襲はバレているんだから大人しく出てこいよ……どこにいるんだってんだ」

そして、旋回するサタン。火球の光で木の影が大きく延び、ユーグの足下に届いたその時です。

「ここだよユーグ」

延びきりユーグの足下に届いた木の影から、一人の女性が姿を現しました。

「しまった! サタンの影の中を移動する能力……他人も運べるのか……ってその姿は⁉」

驚愕《きょうがく》するユーグの背後から現れたのは、黒髪を伸ばし鉄仮面を被っているスレンダーな女性。悪魔のような大仰《おおぎょう》な角と天使のような翼が二対、すらりと伸びる綺麗《きれい》な生足にはどす黒い色をした神秘的な文様が施されています。

天使と悪魔を合わせた……人間の二面性を表したかのようなたたずまい。

「人間の魔王」と呼ばれるアルカの第二形態でした。

「第二形態⁉　理性を失って戻れなくなってもいいっていうのか⁉　アルカ⁉」

「言ったでしょ、研鑽を積んだと……少しだけなら理性を失うことなくこの姿になれるんだ……よっと！」

若々しいしゃべり方のアルカは驚くユーグの背中に影の中から手をさしのべました。

流麗な指先には毒々しいマニキュアのような何かが塗られており、彼女はその爪でユーグの広くなった背中を引っかいてみせました。

刹那、吹き飛ぶユーグ。彼女は何が起きたのか分からずに丸い目をぱちくりさせながらものすごい勢いで木々をなぎ倒し山の中腹にまで飛ばされました。

引っかかれた箇所は燃えるようにただれており骨が見えるほど痛々しい姿です。

「くっ……でもボクを吹き飛ばした程度で……ッ⁉」

「詰みだよユーグ」

立ち上がり挑みかかろうと構えたユーグですが、すぐさま誰かに背中を蹴飛ばされたかのように吹き飛んでしまいます。

「グガァ！　また⁉」

また別の山にまで吹き飛んだユーグ、立ち上がるとどこから攻撃されたのか分からず身構えます。

「ボクがダメージを受けるほどの衝撃と肉体の回復を止める効果……もしや破壊のルーンだとでもいうのか⁉」

警戒してもまた背中から攻撃されたユーグは吹き飛び、元いた場所に逆戻りしました。

「だとしてもなんで⁉　どうして⁉　ずっと背中に⁉　骨が……折れ……グギャア！」

地面に前のめりになったところに背中から衝撃を浴び地面にめり込むユーグ。

その様子を見て安心したのか、火球を消し降り立つサタンとスルト。

彼らの方に元のロリババアの姿に戻りながらアルカが駆け寄ります。

「ふー、数年ぶりにあの姿になったわ。肩凝るのぉ」

肩をぐるぐる回すアルカにスルトが素朴な疑問を投げかけました。

「ヘイヘイ、アルカちゃんよ。ありゃどういうことだ？　ユーグちゃんの巨体がアメリカンクラッカーみてーにポンポン吹き飛び続けているぜ」

地面にめり込んだかと思いきや今度は上空に打ち出されるユーグ。

驚くサタンとスルト両名にアルカはドヤ顔で解説を始めました。

「ルーン文字をな、奴の背中に『刻みつけた』のじゃよ」

「刻みつける……そんなことができるのかアルカ氏」

アルカは指をクルクルさせながら教師のように教えます。

「おお、ワシのクールビューテーな第二形態の時、理性を失う前にしかできぬ芸当じゃ。爪の先に魔力を込め一瞬でルーン文字を描き相手に刻みつける……刻んだ魔力が消えるまで同じ効果が延々と続く。本来一度きりしか効果が出ないような『破壊』のルーンじゃがごらんの通りよ」

「ずっとあれが続くのか……」

「相手に絶対的なダメージを与える『破壊』のルーン……曖昧《あいまい》な概念で扱いが難しいがもっと研鑽を積んだら相手が死ぬまで効果が続く絶対無比の技になろうぞ」

恐怖でゴクリと喉《のど》を鳴らすサタン。

「ところでいつ終わるんだアレ？」

「三十分程度じゃな……体中、特に背中なんかバッキバキのボッキボキじゃろて」

ユーグは気丈に体勢を立て直しては吹き飛ばされまた立て直してはまた吹き飛ばされ……といったことを小一時間ほど続け、ついにはぐったりし地面に突っ伏してしまいました。

「さぁて観念せいユーグ。主がおそらくイブ……エヴァ大統領にいいように扱われているのは知っとるわい」

「アルカ氏⁉　どうしてそれを？」

驚くサタンにアルカは小首を傾《かし》げました。

「どうしてそれを？　なんじゃ、お主等もプロフェン王国のイブ……エヴァ大統領の素性に気が付き始めたのかえ？」

「素性も何も……ここまで知っているなら言うべきかスルト」

「いや、俺たちでできる判断じゃない……トップシークレットだからな」

上司の判断を仰《あお》げないと動けない下っ端ムーブですね。

「なんじゃャトップシークレットってのは⁉　そういえばコソコソなにかやっとるようじゃが」

怪しいと詰め寄るアルカにどうすると顔を見合わせるサタンたち。

――そんな勝ちを確信しグダグダな状況だったからでしょうね、ユーグに隙をつかれたのは。

彼女は這々《ほうほう》の体《てい》で折れた背中をかばいながら明後日《あさって》の方向に駆け出します。

「ぬぅ⁉　ユーグよ、そんな体で逃げても無駄じゃぞ！」

「いや……違うアルカ氏、あれは！」

ユーグが向かった先。そこはロイドが地面に埋もれていた場所でした。

呻いているロイドを掘り起こしたユーグは犬歯を剝《む》きだし満面の笑みをアルカたちに向けてきました。

「形勢……逆転じゃないかな？」

ロイドが地面に埋もれていたなど知らなかったアルカは驚いてしまいます。

「何⁉　なぜロイドが⁉」

「く、ロイドボーイ……すっかり油断していたぜ……」

動揺するアルカを見て丸い目を細めるユーグは分厚い手のひらでロイドの頭部を握りつぶそうとしてみせます。

ミシィと音を立てる骨の音。その状況にアルカたちは身動きがとれずにいます。

「そうそう、変な動きしたら潰しちゃうよ。骨の折れたボクでもトマトみたいに握りつぶすくらいはできるからね」

ゆっくり歩いて、サタンの影が届かない遮蔽物《しゃへいぶつ》の少ない場所に移動するユーグ。

「影を警戒されては俺は打つ手無いな……イテテ」

アルカはサタンのたてがみを引っ張って文句を言います。

「だからどうしてロイドがあそこに埋まっていたんじゃ！　なんでロイドがここにおる！　あの子は後方支援で炊き出しをするはずじゃったろ！　前線で炊き出しってアホか！」

最愛の少年が殺されかけている状況にアルカは少々混乱気味のご様子です。

ユーグは折れた体を揺らし痛がりながらも笑います。

「別に殺しちゃってもいいけどさ、もちょっとアルカのその姿を拝みたいね」

「……どうする……まいったぜ」

動揺するスルトにユーグは「どうもこうもないだろ」と笑っています。

「ん～？　彼を殺したくなかったらボクの命令に従うしかないだろ君たち、ものすごくちょうどよかった、今魔王が不足していてさ」

「魔王不足？」

謎のパワーワードを聞き返すサタンにユーグは獣のような顔をニンマリと歪ませました。

「ジオウ帝国の魔王、恐怖の象徴としてアザミ王国をぶっ潰して欲しいんだ。たくさん殺して欲しいね」

「「「はぁ⁉」」」

何を驚いているのか心外そうにユーグは笑います。

「起こすんだよ戦争。戦争を起こしてジオウ帝国は世界の敵になり、恐怖で一般人はボクの兵器を使うしかない状況に追い込むんだ、そうすりゃ世界の科学力はもっと向上する……歴史に名を刻んであの時代を超えてアルカを超えてボクの失敗も必要な痛みだったと後世に……いや、ボクのおかげで今の時代があると思わせれば……文明や世界の一つや二つ壊してしまったとしてもみんな許してくれるよね、許してくれるさ許してくれよ」

まくしたて、「許してくれ」と連呼し始めるユーグ……理性が限界に来ているようでいつ暴走してもおかしくない状況でした。

「アルカ氏……このままじゃマズい」

「できるわけなかろう……しかしロイドが……」

「打開策は思いつかないか……ピンチだクソ」

狼狽える一同に見せつけるようにユーグは頭をつかんだロイドを前へ突き出します。

「ほら、もう加減が利かなくなるよ。アルカの絶望する顔が見れればそれでいいやって思い始めている自分がいるんだ、それだけでも満ち足りる気がしてきたよ」

だんだん理性が無くなってくるユーグ。

究極の判断を迫られ打開策を模索するアルカたちは構えるしかありません。

「どうにか奴の気を逸《そ》らす何かがあれば、すっ飛んでロイドを奪い返すというのに……だれか奴を攻撃してくれれば……」

そんな益体《やくたい》無いことを口にするアルカ。

ユーグはもうこの状況に飽きたのか実にあっけらかんとした表情でした。

「もういいや、殺そっと」

あっさり、そして軽い感じで言い放つユーグにアルカは待ったをかけました。

「まて！　ユーグ！」

「待てないね！　もう十分待ったよ百年以上！　いや、数百年よりもっと前！　君の負け顔見たさに鼻を明かすために人生の目的がすり替わったあの二十歳そこらの頃からさ！　ようやく！　悲願が達成デキルンダヨ！」

声音もだんだんおかしくなっていくユーグ。

その瞬間でした――

彼女の背後に青い一筋の光が輝きます。

「――――ッッッ!?」

瞬く間に体を燃やし肉の焦《こ》げるにおいを漂わせ、火だるまになり吹き飛ぶユーグ。

先ほど破壊のルーンを刻まれた時と同じようにダメージを受けた模様です。

まったく想定外の方向から理外の一撃をくらった彼女は無防備にその攻撃を受けロイドを掴んだ手を離してしまうのでした。

宙を舞うロイドを見逃さず、サタンは跳躍し彼をキャッチしアルカにパスします。

「よし確保！」

アルカは必死の形相でロイドを抱きかかえ我が子のように頬ずりします。

「おぉ！　ロイド！　……しかしなんじゃ今の一撃は」

魔王の第二形態にもダメージを与える想像だにしない砲撃にアルカは唖然としています。

目を凝らした先――

そこにはメタリックカラーと青いＬＥＤの光こぼれる「神殺しの矢」が……それを必死の形相で撃ったであろうジオウ前線基地の軍人たちがいました。

体を燃やされ転げ回り必死になって火を消す彼女。

ブスブスと音と煙を立てながら瀕死《ひんし》のユーグは自分の渡した兵器にやられたのを確認すると愕然《がくぜん》とし、彼らに向かって怒声を上げます。

「オマエラ！　オマエラ！　オマエラ！　どういうつもりだ！」

大気が震えるほどの怒号。

「敵はあっちだろ！　狙うならこの少年だって言ったとしても今狙うか⁉　手元が狂ったのかバカ！」

異形のものに向けられる憤怒《ふんぬ》。

しかし、それに臆することなくジオウの軍人たちは野山から駆け下りユーグを取り囲みました。

手に取った武器を彼女に向け動かぬようにする彼らを見てアルカたちは呆然としていました。

「ユーグじゃないが……どういうことじゃ？」

その中の一人口ヒゲを蓄えた上官が「やはりユーグ博士ですか」と異形の怪物に言い放ちます。

「手元が狂ったわけではありません、敵を間違えたわけでもありません。言うならば私たちはロイド君の……まっすぐな少年の味方だからです」

「ハァ……ハァ⁉」

上官の言葉にジオウ帝国の軍人たちは「そうだそうだ」の大合唱です。

「あたりまえだろ！　この少年にどれだけ救われたと思っているんだ！」

「聞こえたぞ！　ジオウの戦争で世界の発展だぁ⁉　俺たちゃそんなもんより平和を望んでいるんだ！」

胸を上下させ息も絶えだえなユーグ。獣のような顔ですが理解不能といった表情が見て取れます。

そんな大合唱を聞いてサタンはアルカの腕の中で眠るロイドに尊敬の眼差しを送るのでした。

「きっとまたミラクルを起こしたんだろう……まったく大した少年だ君は」

「よくわかんねーけど俺たちはまたロイドボーイに助けられたみてーだな」

「うむ！　さすがロイドじゃ、本当に……無事でよかった……ロイド……」

寝息をたてるロイドの顔を涙や鼻水や涎《よだれ》やらでぐっちょぐちょにするアルカ、なんでしょう名付けるなら「安堵汁」でしょうか。

そんな顔面安堵汁まみれのアルカに口ヒゲの上官が近寄ると敬礼をしました。

「あなた方のことは遠巻きに見ていました。アザミ王国の方でよろしいですか？」

「あぁ、こんなナリだけど安心してくれ」

獅子の姿をしたサタンを前に話が通じると安心した軍人は言葉を続けました。

「ジオウ帝国前線基地の代表として降伏します、我々に争う意志はありません……今回の全貌《ぜんぼう》など証言でしたら何でもします」

その証言はロイドの証拠品で十分……というのは水を差すようなのでサタンとスルトは苦笑

いしながら「お願いします」とだけ言いました。

そしてアルカは息も絶え絶えなユーグを見やり哀れむような視線を送っています。

「ユーグ……ワシのせいか……いやお主もエヴァ大統領の手のひらの上で踊らされていたにすぎん、あの頃のように……」

ユーグは何も答えることなく、そのまま眠りにつきました。

その様子を見届けた後、サタンはジオウ帝国の軍人たちを促します。

「とにかく一段落ついたらご同行願いましょう」

「ハイ……ところで一つよろしいですか？」

上官の問いかけにサタンは「いいですよ」と答えます。

「いいですよ、なんでしょう？」

「あの……その子何者なんですか？」

そりゃもっともだ、とサタンは豪快に笑ってみせました。姿形が獅子なのでさすがの軍人たちも身構えちゃいます。

アルカはユーグから視線をはずすと満面の笑みで答えるのでした。

「ヌシ等も言うたろ。まっすぐで優しいな少年じゃて……ちと実力が規格外じゃがの。ワシもこの子の笑顔に何度救われたことか」

そしてアルカは再度倒れたユーグを見やりました。

「こやつにも、この子のような存在がいたら……今とは違った結末になっとったんじゃろな」

アルカの眼差しは、どこか遠い時代の友人であるユーグに向けられている……そんな表情でした。

第五章

たとえばこれからベタなサクセスストーリーが展開されそうな最後の一言

軍事演習に乗じたジオウ帝国による襲撃はこうして幕を閉じました。

人的被害はほぼなく、若干《じゃっかん》ミコナのせいで木の根っこが苦手になったジオウ側の人間が……心的被害に止まったみたいですね。

ジオウ帝国前線基地の面々による証言もあり、カジアスとヒドラによるアザミ軍やギルドの内情暴露の件も裏打ちされて彼らは逃れることができなくなり、今余罪が追及されているところです。結構前からしでかしていたらしく諜報《ちょうほう》部員は実に忙しそうでした。

そして肝心のジオウ帝国ですが裏で乗っ取っていたソウ、ショウマに続いてユーグもいなくなり、「戦争を望むジオウ帝国」は事実上瓦解。アザミ王国報復派と和解派で一時紛糾《ふんきゅう》との噂《うわさ》が。

「ユーグ博士の兵器があれば勝てる！」とアザミ王国に報復を望む一部の人間もいたにはいたそうなのですが……しかしユーグの残した兵器は彼女がいないと生産どころか運用すら難しく、時が経《た》つにつれ和平派の方が優勢になっていったようです。彼女のこの世界の水準を超えた兵器の数々に気を大きくしていた連中が大半だったということでしょう。

最終的に「ユーグが魔王だった」という証言が決め手になり、亡命した人間や難民をアザミが手厚く保護していることもあって市民の声も和解が強まり、アザミの提示した和睦案をすべて呑《の》む形になったそうです。

さまざまな小国を吸収し大きくなっていったジオウ帝国。内にたまっていた不満が今回の一件で大爆発をしたみたいです。それもまた「わかりやすい悪の象徴」を目指していたユーグの思惑でもあったのですが……今となっては良き国に生まれ変わる一つの要因となることを願うばかりです。

そのユーグですがアザミ王国の地下、リンコが作った施設に封じられていました。

瀕死《ひんし》の彼女ですがリンコの治癒能力により一命は取り留め、第二形態からゆっくり元のユーグの姿に戻りつつあるようです。

そのアザミ王城地下の一室。

リンコはイスに座り培養液《ばいようえき》のようなものに満たされた気泡浮かぶガラス張りの水槽の中で静かに眠るユーグをじっと眺めていました。

「彼女は被害者よね。エヴァ大統領と……それを知りつつも止めなかった私の」

「所長」「ボス」

人間の姿に戻ったサタンとその頭に乗るスルトが彼女に声をかけようとしますが……慰めはいらないとリンコは笑い返します。

「でもまさかここまで都合良く利用されていたなんて思わなかったわ、不特定多数、無数の人間を殺した……その重責に加えこんなファンタジーな世界だもの、ゆっくりと心を蝕《むしば》まれ、その心の隙間《すきま》を狙《ねら》われたんでしょうね。すれ違う人々を見ては『自分があの時代殺してしまったのはこんな人間か』と思い出しては苦悩して……毎朝毎朝目を覚ます度夢であって欲しかった……そういう願望に苛《さいな》まれながら」

「分かるぜ、俺《おれ》もハイスクール時代、女子に振られた時そんな感じだった。三日ぐらい毎朝夢であって欲しかったと思ったぜ」

「一緒にするのはどうかと思うぞスルト。あと三日って言うほどショックを受けていない気がするが」

さすがにツッコんだサタンですがスルトはつばを飛ばしながら反論します。まぁ振られた直後は一瞬「この世の終わり」と思えてしまうものですから。

「うるせ！　たとえ三日でも自分の全てだって思っちまって目の前が一瞬真っ暗になるんだよ！　特に多感な時期にはな」

まぁ逆に自分の全てを失っても三日で立ち直れる強メンタルの持ち主だと誇りましょう。

そんなスルトの言い訳に苦笑するリンコでした。

「まったく……同情とはいえ、一緒くたにされるのはユーグちゃんが可哀想《かわいそう》だ……おや？」

さて、そんな折りです。ドタドタとうるさい音を立て何者かが近づいてきたかと思うとノックもせずアルカが現れました。

リンコは予想外の来客に隠れる間もなく驚くしかありません。

「げぇ！　アルカちゃん！」

戦国武将を前にした一雑兵のようなリアクションをする彼女に肩で息をしながらアルカが睨《にら》みます。

「ぜぇ、ぜぇ……やはりか！　サタンとスルトの会話の端々からもしかしたらと思っておったが……裏にあなたがおったとは！　コーディリア所長！」

ずんずん迫りながら肉薄しアルカは言葉を続けます。

「さぁ色々聞きたいことがあります！　ていうかサタン！　お主いつからワシをたばかっておった⁉　さぁ正直に切腹でもしながら語ってもらうぞ！　ながら切腹せい！」

「切腹しながら語るって何⁉　ながら切腹って初めて聞いたよ⁉」

相変わらずのアルカにリンコも便乗します。

「だってさ瀬田《せた》っち。とりあえず切腹して」

「イヤに決まっているでしょ！　何とりあえずビールみたいに切腹って⁉」

「セタのジャパニーズハラキリは見たいけど説明責任はボスにあるんじゃないか？」

説明しながら切腹する自信がないと言い切るサタン。自信があったら切腹するのかはさておいて、皆の視線がリンコに集まりました。

彼女は朝露したたる高原のように「ふっ」と爽《さわ》やかに微笑《ほほえ》んだ後……

「さーせんっした」

土埃《つちぼこり》舞う地下室の床に額《ひたい》をこすりつけて土下座を決めてみせたのでした。

その一連の所作をアルカは感慨深げに眺めます。

「うぬ、なつかしいわい……何かやらかした時の所長名物『五体投地さーせん土下座』……しかしこの土下座、どこかで最近見たような……」

首をひねるアルカにサタンが「言っていいですか?」と土下座するリンコに確認をとります。

彼女は床に額をこすりつけながら「いーよー」と軽い感じで答えました。

「まったく……アルカ氏、俺もつい最近聞いたんだけど、マリー氏が所長の娘さんなんだってさ」

アルカは「なんと!」と驚きましたが、すぐさま「あぁ色々腑《ふ》に落ちたわい」と一人で納得するのでした。

「そういえば初めてマリーちゃんに話しかけたのも所長に面影《おもかげ》が似ておったからじゃったな……そんで赤の他人、しかも逃亡中の身ということで保護したのじゃった……あやつの土下座のキレ、親譲りじゃったとは気付かなんだ……」

それで判断できたらそれはそれで問題だと思います……遺伝子に「土下座因子」が組み込まれているということで学会大注目でしょう。

リンコは一段落ついたと自己判断し颯爽《さっそう》と立ち上がると満面の笑みでした。

「はい謝罪終了！　というわけでバレちゃったのはしょうがない！　何でも聞いてちょうだいな！」

腹をくくった……というより開き直った彼女にアルカは半眼を向けるしかありません。

「相変わらず切り替えの早いお方じゃ……ていうかなんでワシに……いや、ユーグにもアプローチしてこなかったのかえ？」

「ま、分かっていると思うけど……エヴァ大統領の目をかいくぐる為よ、彼女はアルカちゃんとユーグちゃんを特に危険視していたからね。私が接触したら……そして私が動いていることがバレたら彼女も動き出すでしょう」

「その辺が色々と腑に落ちませんのぉ。エヴァ大統領がユーグを拐《かどわ》かし何かよからぬことをしていたことは最近気が付きましたが……動き出すとはいったい？」

「何でもって言っちゃったけど、さっそくそれかぁ……もうちょっと私の武勇伝とか聞きたいものかと」

「ボス、需要あるんですか？」

スルトは冷静にツッコみます……まぁ余談ですが王様とかフマル、カツあたりには需要ありまくりでしょうね。古参のアイドルファン並みに何でも知りたがる方々ですから。

困った顔をし頭を掻《か》くリンコ。アルカは壁をドンと叩《たた》きせっつきます。

「ワシらの前に姿を現さなかった理由、最果ての牢獄……ラストダンジョンを開ける鍵《かぎ》『聖剣』を作った理由、エヴァ大統領はユーグを騙《だま》しワシも騙そうとして何をしようとしているのか、所長が姿を現さなかった理由と目的……諸々全部じゃ」

パラパラと天井《てんじよう》から土埃が落ちる、アルカの叫びは続きます。

「しっかり話してもらうぞい！　なんせ文明を、いや沢山の人々の命を消滅させこんなファンタジーな世界に塗り替えてしまったんじゃからな！」

「ボス」

スルトの目配せにリンコは申し訳なさそうにします。

「そうだね、何でも聞いてと言った手前ちゃんと話さなきゃ……まずこの世界のことから話そうか、アルカちゃんヒートアップしすぎるし」

リンコはアルカの肩に手を置いて「落ち着いて聞いてね」と前置きして説明をし始めました。

「まず、この世界や私たち研究員の身に起きた現象なんだけど……アルカちゃんの見解を聞かせてもらえるかしら」

「ん？　急に問題出すのは悪い癖《くせ》じゃぞ所長」

アルカは腕を組み少しだけ考える仕草《しぐさ》を見せその問いに答えるのでした。

「改めて口にするのも変な気持ちじゃが……ここはユーグのせいでファンタジーな世界になってしまった地球じゃ。ワシ等が研究していた遺跡にあった変な装置をいじったせいで世界が塗り替えられ、研究所付近にいた人間は今現在「魔王」と呼ばれる不老不死、概念に近い存在になってしまった……違うかえ？」

リンコは「だと思った」と前置きし、一拍おいた後アルカにとって衝撃的なことを告げました。

「残念。この世界はね――地球じゃないのよ」

「――ハァ!?」

戸惑うアルカ、無理もないとサタンもスルトも視線を下に落としました。

「ま、ようするに異世界ね。私たちが本来いた世界は別に存在しているもので私たちは異世界転移したっていったらわかりやすいかしら？」

少なからずショックを受けるアルカは力ない言葉で反論します。

「いや、しかし……その割には現代の物が残っていたり似通った部分があったり、研究所の残骸も……」

「たしかに現代の遺物が漂流物として海に漂っていたり地面に埋もれていたり、この世界には溢《あふ》れかえっている。この世界が『現実世界が変異したもの』と考える判断材料になってしまうわ」

「そうとしか思えんのですが……」

戸惑うアルカにサタンが会話に入ります。

「アルカ氏、この世界における魔法の形態は知っているかい？」

「詠唱、媒介《ばいかい》、紋章……じゃったかの？　そして一定以上の魔力を消費するとそれは全て召還魔法になる」

「その局地が『古代ルーン文字』……俺たちが研究していた時は別名称だったけどね」

「まさか……古代ルーン文字とは……ワシが研究していたのは……」

リンコは申し訳なさそうにしています。

「そ、『事象の操作』ではなく『異世界召還』の研究だったのよ。当時はエビデンスが乏しく発表したら鼻つまみものは確定、エヴァ大統領が出資してくれなかったら研究なんてできなかったわ。確証が持てるまでは遺跡からわき出る新時代の不思議エネルギーとしてみんなに研究してもらったけど」

「そう……じゃったのか……」

「訳ありの研究員が多かったからみんなその言葉を信じ研究してくれた」

スルトがカメの首をゆっくり縦に振りながら頷《うなず》きます。

「俺は山火事で故郷を失ったからな、雨を自在に降らせる研究ができると聞いて何も考えず飛びついたぜ」

意外に立派なスルトの目的を聞いてサタンは頬《ほお》を掻いています。

「うーむ、俺はそこまでの目的はなかったが……地球温暖化を止めることができたらカッコいいと思って新時代のクリーンエネルギー事業に参加したんだ」

「それぞれの目的が魔王になった時に顕現し、行動理念や姿、能力に影響を及ぼした……は置いといて。要は『異世界召還』の研究だったわけ」

「まぁ身も蓋《ふた》もない言い方をすれば『クラス全員異世界召還されました』的なライトノベルみたいなもんだぜ」

「ツッコみたいが的を射ている……遺跡を調べたら魔法のある世界に召還、しかも特殊な力も備えられ一部の人間は闇《やみ》落ちしていると来たもんだ」

スルトとサタンの会話に苦笑いしながらもリンコはゆっくりと歩きながら講師のように喋《しゃべ》ります。

「隕石《いんせき》もここではない異世界の岩を召還して空から落とす。雨も異世界の雨雲を召還して……それに成功した私たちはそれだけに止まらず『不幸』や『健康』という概念すらも召還してしまおうと考えていたわけ……私は『時間』をエヴァ大統領は『健康な体』を異世界から召還できないものかと皆に伏せながらね」

「待ってください、ではこの世界が地球とは違う異世界だと言うのなら……」

「ユーグちゃんは誰も殺していないわ、文明も潰《つぶ》していない……まぁちょっと無理したせいで研究所にいた人間はこっちじゃ魔王という異物になっちゃったけどね」

「この世界にとって存在しないもの……だから不老不死じゃったのか……しかし！　そのことを早くユーグに伝えられていたら！　あの子はここまで暴走はしなかった！」

「その事実を……知ってしまったらエヴァ大統領が動くからよ。きっとユーグちゃんをあの手この手使って封印しちゃうでしょう。その手段、あの子を騙して作らせていなかった？」

心当たりのあるアルカはポツリとつぶやきます。

「マステマの実……あれもエヴァ大統領の差し金だったのか……」

「俺が封じられていたやつか……確かに精神が弱った状態であそこに封じられたら逃げ出せねえ、俺が保証する」

封じられていた経験を語るスルト。

「私が無限の時間を手にしたとはしゃいでいた時から、あの人は着々と現状を把握し自分の為のプランを考えていたのよ」

「そこまで言うエヴァ大統領の目的とは……」

「シンプルよ、非常にシンプル」

リンコは腕を組み苦笑いしています。

「古代ルーン文字を知っている人間を全てこの異世界に置き去りにして、一人不老不死のまま現実世界に戻ること」

「そ、そんなことができるんですか？」

「私もできないと思っていたんだけどさ……できるみたい、あの人は私たちと違い、あの事故の瞬間に死んでいたイレギュラーだから」

銃で撃たれ、死んでいたエヴァ大統領を思い出しアルカは戦慄《せんりつ》します。

「確かに死んでいた……正確には心肺停止状態……」

「こんな言い方するのは研究者らしくないんだけどさ、あの人、今は幽霊なの……そして——」

その頃《ころ》、アザミ王国王城、謁見《えつけん》の間ではアザミの王様の前にジオウ帝国前線基地の軍人たちが整列し現場で何が起きたのかその事情を説明している最中でした。

不発に終わったとはいえ戦争を仕掛けた側の人間が敵国の王様の前にいるのですから……上官は忙しなく口ヒゲを撫《な》でていました。

王様も敵国の軍人を前にしていつになく真面目《まじめ》モードな表情で彼らの話を聞いていました。

「ふむ、どう思うクロムよ」

ひとしきり聞いたところでそばにいるクロムに助言を求めます。

「現場状況とも合っていますし嘘《うそ》はついていないかと」

先の演習時に起きたユーグの魔王化、その前から漂っていたおかしな前兆、そして決着がついた流れをジオウ側の人間から聞いているみたいですね。

王様は包み隠さず話してくれた彼らに感謝の意を伝えます。

「すまんな、向こうの外交担当と話をするのが筋なのだろうが色々内部が大変そうでな……現場にいた君たちから聞くことになってしまった」

「い、いえ……」

一通り聞き終わった王様は少し姿勢を崩すと何気なく彼らに別の質問を投げかけます。

「ひとつ疑問があるのじゃが」

「は、はい何なりとお聞きください！」

一段落し少し気が緩んだところに不意の質問。口ヒゲの上官は思わず声がうわずってしまいました。

彼が落ち着くのを見計らってから王様はゆっくりとした口調で尋ねます。

「なぜ君たちは最後、ロイド君を助けたのかね？　無自覚とはいえ形の上では君たちを騙し潜入していたスパイになるのだが」

その問いに上官は――いえ、この場にいるジオウ帝国前線基地の軍人全員が口をそろえてこう言いました。

「「ロイド君は天使だからです！！！」」

その返答に王様も――

「大納得じゃ！！！」

即この反応です。傍《かたわ》らにいるクロムも「やれやれ」とヤレヤレ系主人公が如《ごと》く頭を押さえ笑っていますね。

お互いの推しが分かったところで今度は別のベクトルで包み隠さず語り出すジオウ帝国の軍

人たちと王様……ロイドの天使さが身分も国境の垣根も取っ払った瞬間でした。さっきまでの真面目モードや緊張感が嘘のようです。

ひとしきり推しの良いところを語った後、もう友達みたいな感じで王様は笑っています。

「うむ！　君たちなら信頼できる！　今後もジオウの中央が落ち着くまでは君たちがアザミとの橋渡し役になってくれると助かるのぉ」

「え、その……あ、はい！」

先日まで国を追われることも辞さない覚悟だった彼らは重要な職務の大抜擢《だいばつてき》に恐縮し通しになるのでした。

余談ですが、この後彼らを中心に閉鎖的だったジオウ帝国の中央は徐々に改革され、吸収された小国の人々はその圧政から解放されていくことになります……そして「天使のお導き」と後に語られることに。

さて、そこに噂をすれば何とやら、ロイドご本人が謁見の間の前を通りすがります。彼の後ろにはセレンやリホなどいつもの面々が……どうやら失神したマリーのお見舞いに訪れたみたいですね。

「マリーさんの休んでいる部屋はこっちですよ」とロイド。

「全く気絶した程度でロイド様にお見舞いしてもらうなんて幸せ者ですわ」と不満げなセレン。

「へへ、だったらお前も怪我《けが》してみりゃいいじゃねーか、骨折とかどうよ」と茶化すリホ。

「……折るのは任せて。力のコントロールの良い練習になる」と物騒なフィロ。

「おいリホ、変なことを吹き込むな、コイツやりかねん。フィロも止めろ、お城の中だぞ」と困り顔のアラン。

そんないつものように和気藹々《わきあいあい》で歩いている士官候補生。

そこでロイドが何気なく謁見の間を覗くと見知った顔を発見し思わず顔をほころばせ中に入っていきます。

「あ、『アザミ』前線基地のみなさんだ！　お久しぶりです！」

「おぉロイド君！　……アザミって本当に誤解していたんだな」

「え？　誤解ですか？」

可愛《かわい》く首を傾《かし》げてみせるロイドに、この場にいる全員が苦笑いでした。

そのやりとりを見てアランやリホがボソリとつぶやきます。

「ロイド殿……噂は本当だったんですな、なんと大物」

「自国と敵国を勘違いするなんざ大物どころじゃねーよ」

一方フィロとセレンは何故《なぜ》か得意げです。

「……さすが師匠、人心掌握《しょうあく》はお手のもの」

「私のハートを鷲掴《わしづか》みにしたロイド様ならできて当然ですわ！」

苦笑いされたりほめられたりでロイドは困ってしまいます。いつもの無自覚リアクション、いわゆる「僕なんかしちゃいました？」状態です。

「え？　ど、どうしました皆さん」

「あん？　ロイドはすげーなってこったよ」

仲間と楽しげに話しているロイドを見て、ジオウ前線基地の軍人たちは「本当に裏表のない少年なんだな」と目を細めていました。甥《おい》っ子を見るおじさんの眼差《まなざ》しと言えばわかりやすいかと。

王様も我が子を見るような眼差しで労いの言葉をかけてきます。

「おぉロイド君！　君のおかげでジオウとの戦争問題も終わった、ありがとう！」

「あ、ハイ。ありがとうございます……戦争ですか？　演習ではなくて？」

「ん？　おぉまぁそうじゃな！　演習演習」

王様も演習でいいやと説明を放棄しはじめています。これあれですね、子供の「サンタさんっているの？」って疑問にマジレスしない親の心境みたいなものです。

とまぁ未《いま》だに演習……いえ、自分の立ち回りでジオウとの戦争を回避できたことなどいっさい気が付いていないロイドでした。

さて、そんなやけに親しげな王様に今度は口ヒゲの上官が訪ねてみます。

「あの～、結局あの子何者なんですか？　スゴい強いし」

王様もなんて言ったらいいのかちょっと困り少し考えると、満面の笑みでこう答えるのでした。

「そうじゃな、次期国王といったところじゃの」

さぁ色々大変な流れになってきましたね。ロイドが次期国王……しかし本人に言っても冗談と一笑に付されてしまうでしょう。例えるなら一平社員が社長候補に挙がっているような状況なのですから。

ただその平社員が優秀で有能、しかも笑顔の素敵な好青年で「何かしてくれそう」と誰しもが期待できる人物で……気付いていないのは本人だけなんですけどね。

あとがき

リバウンド——

球技でシュートミスによって跳ね返るボール、あるいはそれを取ること。

またはダイエットなどで減らした体重が戻る様——

どうも10キロ痩せたのにもう戻りつつあるサトウです。ダイエット界の桜木花道、もしくはビルラッセルとお呼びいただいてもかまいません。幻のシックスメンならぬ幻の体重60キロ代……起きないから奇跡とはよく言ったものですね、HAHAHA。

ストレスによる加重というよりも「体が『生きよう』としている」そんな実感が湧く今日この頃です。

最近では婚活なんて始めちゃいまして、土日はお見合いをする日々を過ごしています。

あぁそうだ。お見合いのADさんからお話を伺って気がついたことがありまして……

「あれ？　婚活って新人賞に似ていない？」ということです。

お見合いという名の一次選考、仮交際という名の二次選考——

かつてGA文庫新人賞に挑戦していた頃抱いていた、私の何かが再び燃えだしていました。

実は私、新人賞に悪いイメージがないのです。ありがたいことに投稿4回3作品目で受賞、そしてアニメ化までしていただけたのですから。

さて、では婚活における現在の進捗ですが――

お見合10回中9回お断り（一次落ち）そして仮交際1回目でお断り（早々に二次落ち）

はい、結婚するより作家になる方が遙かに簡単だという説が立証されてしまいましたね。私の中の何かが燃え尽き、砕け折れ、灰燼になり虚しく空に飛び散った気がしなくもないです。新人賞を応募して中々壁を越えられない方は婚活をお勧めします。上手くいかなくても自分という作品を使い回すしか無く、様々なプライドや作家性を捨てて大改稿を迫られるんですから……色々価値観変わりますよ、あと新作を書ける喜びがわき上がりますし。

ではでは、結婚できない私に色々と与えてくれたかけがえのない方々に謝辞します、させてくださいお願いします。

担当のまいぞー様。ずいぶん遅くなりましたけどお子さま誕生おめでとうございます。園児と同じくらいご迷惑をおかけしておりますが上手に寝返りうてるよう日々頑張っております。

和狸先生、自分の拙い表現から素敵なイラストを生み出してくださいまして本当に感謝しております。ウー〇ーイーツロイドの発想はなかったです（笑）

臥待先生、パワフルなコミカライズで原作を表現していただいて本当にありがとうございます。一読者としても楽しみにしております。

草中先生、ロイド君たちの日常を柔らかい絵柄で表現してくださいまして本当に感謝しております。毎月の月刊ガンガンが私の楽しみです。

編集部の方々、アニメ製作会社の方々。メディア関係者、ライツの方々、営業様などなどいつもいつもありがとうございます。未熟な私ですがこれからも頑張りますのでよろしくお願いいたします。

そしてこの本をお手に取っている読者様、皆様の温かい言葉のおかげでサトウは何とか踏ん張れております。これからも皆様を楽しませられるよう精一杯努力していきますので応援の方をよろしくお願いいたします。

勝ち負けじゃないけど、負けない！　婚活は全敗しているサトウとシオ

ファンレター、作品の
ご感想をお待ちしています

〈あて先〉

〒106－0032
東京都港区六本木2－4－5
ＳＢクリエイティブ（株）
GA文庫編集部 気付

「サトウとシオ先生」係
「和狸ナオ先生」係

本書に関するご意見・ご感想は
右の QR コードよりお寄せください。

※アクセスの際や登録時に発生する通信費等はご負担ください。

https://ga.sbcr.jp/

たとえばラストダンジョン前の村の少年が序盤の街で暮らすような物語 12

発　行　　2021年3月31日　初版第一刷発行
著　者　　サトウとシオ
発行人　　小川　淳

発行所　　SBクリエイティブ株式会社
〒106－0032
東京都港区六本木2－4－5
電話　03－5549－1201
03－5549－1167（編集）

装　丁　　AFTERGLOW

印刷・製本　中央精版印刷株式会社

ISBN978-4-8156-0960-3
Printed in Japan　　GA文庫

試読版は
こちら!

試読版は
こちら!

試読版は
こちら!

試読版は
こちら!

第14回 GA文庫大賞

GA文庫では10代～20代のライトノベル読者に向けた魅力あふれるエンターテインメント作品を募集します！

イラスト／ニリツ

大賞賞金300万円＋ガンガンGAにてコミカライズ確約！

◆ 募集内容 ◆

広義のエンターテインメント小説（ファンタジー、ラブコメ、学園など）で、日本語で書かれた未発表のオリジナル作品を募集します。希望者全員に評価シートを送付します。

※入賞作は当社にて刊行いたします。詳しくは募集要項をご確認下さい。

応募の詳細はGA 文庫公式ホームページにて **https://ga.sbcr.jp/**